謎霧島 ②

東女王的賀禮

林秀穗◎文　廖健宏◎圖

自序／林秀穗

生命常常超出我們的想像

《東女王的賀禮》是謎霧島系列裡的第二本書，延續著前一集所探討的問題，當我們面對困難，而這個困難可能無法克服時，很自然會生起的逃避心態——如果當時是如何、如何就好了？亦或是，如果沒有這樣，可能就不會發生這些事了？諸如此類等等的想法，恐怕是最常出現或是掛在嘴上的，當然故事裡主人翁——小柚也一樣。

在前一集裡，小柚好不容易找回了弟弟小凱，並且決定以自己為交換的條件，換取弟弟和朋友們可以回到生活常軌，她滿心以為只要弟弟能回到家裡，或許父母破裂的婚姻關係就能獲得修補，一切都會變得不同。

但，事實呢？

在寫這集時，我慎重思考，所以決定以小柚的弟弟小凱來開場，而結果當然不是小柚所想，失去了她的家，仍然以不完整收場，父母最終仍走上婚姻破裂的關

係，弟弟小凱則度過了與她類似的成長經驗，至於為什麼是類似呢？因為每個生命都是不同的個體，雖有相同際遇，卻會迸發不同色彩，對於父母的關係，小凱也許有遺憾，但更多被隱藏在心裡的遺憾卻是姊姊小柚，為了讓大家回到生活的常軌，姊姊犧牲了自己，不僅留在謎霧島，還被當成了賀禮，送到冰湖東邊的王國，成為慶祝東女王甦醒過來後的禮物。

所謂的常軌，只是現實與虛幻間的差異，在心心念念著想解救姊姊的小凱身上，就算回到正常世界，常軌早就不平常了。隨著日子一天天過，他只能在漫長等待中，強健自己的心與毅力。另一位青梅竹馬的同伴——綠笛亦然，他們一起等待，等待再一次回到謎霧島的機會，救出他們共同思念的人。

另外，友人曾經問我，關於這座奇妙的島嶼和故事裡一些人物的猜測，譬如：饅頭和東女王，到底是什麼關係？小柚和東女王又是什麼關係呢？我只能說，慢慢看下去，自然能從故事裡看出端倪。

另一話題，關於人和島嶼上生物的靈感，又是從何而來？我想除了童年的部分回憶之外，生活中的偶發事件也讓寫起故事來增添許多新想法。

因為家住在都會公園附近，近幾年來更發現，整個環境的復育是不錯的，譬如在下過雨後，能見到已經多年不見的水蛭和蝸牛，夜晚常能聽到夜鷹的啼叫，散步偶遇松鼠，只要放慢腳步、不難發現在草地上忙碌覓食的黑冠麻鷺，連陽臺的馬拉巴利樹盆栽都有綠繡眼來築巢，我很感謝生活在這樣一個城市裡，讓人深刻體悟到人和自然共生共存的密不可分，當然也給予我在創作上的能量，這些生活上的巧遇，很自然就成為了故事裡的部分情節。

還記得有次突然在後陽臺地板的漏水口附近發現了螞蟻群，蟻群選擇在水泥地板下築巢，仔細觀察了幾天，故事剛好進展到小柚見到東女王的部分，於是螞蟻大軍的劇情就被加入了故事裡，然後安特公主就出現了。另外，住家附近的野貓也很多，還有很多愛貓的善心人士，會在固定地點餵食，所以一到某個時節，聽到貓唱歌，是常有的事，也因此，一些老鼠總是拚了命的往上爬，我還曾在後陽臺發現老鼠的腳印呢！在故事裡，老鼠自然也就出現了，諸如此類的劇情，往後還是會陸續出現。

我常想，生命是非常奇妙的，常常超出我們的想像，用心觀察、用心生活，認真的去過每一天，或許就是生命裡最美好的禮物，這樣或許當我們再遇到困難時，能平心靜氣看待，畢竟這也是豐富生命故事裡的一小段插曲。

人物介紹

小　柚：高二女生，任性但心地善良，討厭不快樂的事，有正義感。

小灰球：有翅膀的貓，愛管閒事，努力學習飛翔，最討厭老鼠。

饅　頭：七歲，小灰球的好友，喜歡打赤腳到處亂跑。

小　凱：國三男生，小柚的弟弟，心裡藏著解救姊姊的計畫。

綠　笛：大學生，小柚的青梅竹馬，有對又大又長的耳朵，會吹陶笛。

紅　嘴：嘴巴是紅色的白鵝，因為被主人遺棄，變得非常神經質。

蜥蜴人：性格奇怪，有時善良、有時邪惡，最會記仇和算計別人。

六　眼：是隻毛茸茸的大蜘蛛，謎霧島西邊大家最害怕的妖怪。

東女王：饅頭的雙胞胎姊姊，集所有負面與邪惡於一身，被封印在冰湖東邊十年，也是謎霧島上三妖怪的主人，和蟻國有血海深仇。

獨　臂：斷了一隻手臂的螳螂，居住在謎霧島北邊，被稱為三大妖怪之一。

安　特：蟻國的公主，為了阻止蟻后發動大軍，獨自前往冰湖找東女王。

曼　奇：猴群的首領，救過小時候的小凱，把小凱當成弟弟。

目錄

前情提要

高二女生小柚，在收到外公過世的消息後，搭上開往媽媽故鄉的末班巴士，在巴士上她遇到了一隻長著翅膀的貓。回到外公家的深夜，她聽到了客廳裡已經壞掉多年的古董鐘居然發出喀喀走動聲，在長著翅膀灰貓的引導下，小柚掉入時間的漩渦，來到了謎霧島，在這座島上，小柚認識了一些似曾相識的朋友，到底她忘掉了什麼？被藏在時空膠囊裡的五樣東西，分別讓她回想起五段重要的

回憶，當小柚終於找到了弟弟，卻不得不為自己、弟弟和朋友們的安全做出決定，於是她決定留在謎霧島，成為即將甦醒過來的東女王的賀禮。

1 兩個饅頭

「你說東女王到底長什麼模樣？」

一個女孩，年約十六、七歲，一頭烏黑亮麗的直髮被綁在頸後，束成一把馬尾，雙眼黑亮而有神，鼻子微翹，喜歡抿嘴，臉頰上的雀斑讓她看起來像個淘氣的行動派，也因為如此，當她騎在一隻又黑又大的蜘蛛上，看起來卻一點也不奇怪。

這個女孩的名字叫小柚，曾經她像一般十六、七歲的女孩一樣，是個高二生，坐在教室裡上課，放學後回家，假日睡大頭覺。但，為了尋回珍貴的眼淚和失蹤的弟弟，她來到了這座謎霧島，遇到了島上被稱為妖怪的蜘蛛，而這隻蜘蛛的名字叫六眼。

說到六眼這個名字，源自於蜘蛛的眼睛，本來牠有八隻眼，在多年前失去兩隻眼，所以名叫六眼，但最近牠以為曾經失去的兩隻眼睛又重見光明，所以牠慎重的考慮著，是不是該把名字從六眼改成八眼。

「當然是個漂亮又有氣質的女生。」六眼說著，從一棵冷杉的樹梢跳到另一棵。

這個跳躍讓騎在牠身上的小柚發出歡呼的尖叫。

「所謂又漂亮又有氣質的女生，是不會像妳這樣驚聲尖叫的！」六眼冷冷的說，八隻腳爪緊緊攀住樹梢。

然而，那毛茸茸又重又大的身軀，幾乎壓垮了樹木的梢頭，發出嗶啵嗶啵的抗議聲。

「那麼，她到底是個什麼樣的女生呢？」

小柚一點也不在意六眼的話，既然要被當成禮物送到東女王面前，與其哭哭啼啼的哀傷難過，倒不如勇敢以對，最重要的是知己知彼，才可能有點勝算。

當然，在勝算裡還包括著不久前，她才想起來的一些事。在她看清楚了謎霧島全貌的一剎那，她想起了這座形狀像極了鯨魚的島，很像小時候外公家後院池塘裡的一座人造島嶼。

「如果，妳能擁有一座島，妳想要什麼模樣？」

「鯨魚！還有，除了形狀像鯨魚之外，我還要有閃閃發亮的魚眼，綠綠的魚鰭，高高蘢起的魚背，還有……外公，你猜猜，明明是魚，但卻不是魚，生在海洋裡，卻用肺呼吸，到底是什麼？」

閉上雙眼，這些對話再度閃過小柚腦海，外公後院的鯨魚島，眼前的謎霧島，慢慢重疊在一起，這其中一定隱藏著什麼祕密，一定的，而這個祕密，正等著她去揭開。

「什麼樣呀……」六眼發出呼嚕嚕響聲，表情認真的思考起來，「經妳這麼問，我才想起來，就這麼說吧，除了漂亮和氣質之外，我的主人有時候也會有……

有……有……我想應該這麼說，是有點歇斯底里！」

最後的話，六眼壓低了聲音，就像偷偷抱怨或說人壞話時一樣，總不希望被第三者聽見。

「歇斯底里？」小柚問。

「沒錯，歇斯底里。」六眼的肚子上下震動了一下，呼嚕嚕的響聲裡好像藏著許多回憶，而這些回憶可怕得讓人直發抖。

「她的歇斯底里，很恐怖嗎？」小柚問。

六眼的眼珠盯著她看，身上又黑又硬的毛掃過一陣草浪，發出喀啦喀啦響聲。

「我想，我們不該談這些事，穿過前面的那片森林後，東女王的城堡就到了。」說著，六眼高高往上跳，開始在樹木和樹木間穿梭。

風呼呼的吹、呼呼的吹，像在小柚耳邊用力吶喊。

「我想，應該是很恐怖吧？」過了很久，小柚忍不住又問。

森林已慢慢在背後消失，那座像鯨魚眼一樣潔亮的冰湖，已清楚可見。

六眼呼嚕呼嚕的喘著氣，緩慢從樹梢上往下爬，幾支雜亂的小樹叉刮過牠的身體，但牠並不在乎，最後一個跳躍，終於從樹上重新回到地面。

「前面再走一段路，就是冰湖了。」六眼放慢腳步，走過最後幾棵杉樹所形成的林地，眼前的地貌突然變得完全不一樣，光禿禿的地面上染著白白一層像糖霜一樣的東西。

小柚忍不住彎腰，從六眼的背上往下，手指輕觸到那層糖霜。

她以為是雪，會有冰涼的感覺，因為不遠處就是冰湖。但沒有，不僅不冰、不涼，也完全不像糖霜。

小柚把手指放進嘴裡。

忍不住呸了一聲。

「哇，好鹹！」怎麼會這樣？

地上、地上這些白白的東西……是鹽巴！

「上回東女王在睡著之前，發了脾氣，結果就變成了這樣！」六眼嘆了口氣說。

「變……這樣？」小柚倒抽一口氣，露出驚訝的表情。

六眼快速奔跑起來，風聲伴隨著說話聲，聽起來隱隱約約，有點模糊。「不僅是這樣，本來住在冰湖旁的河狸家族，整個家族大遷徙，還有螞蟻王國的崩解，還有……」

六眼的話以一聲長長嘆息作為結尾，從嘆息聲就能聽出來，還沒說完的話似乎遠比家族大遷徙和崩解的王國嚴重。

「那……這些鹽巴……」小柚心裡有滿滿疑問，但問題還沒說完，就被突然吹來的冷風和六眼緊張兮兮的說話聲打斷。

「噓，別說話了，小心隔牆有耳。」

「隔牆有耳？」隔牆有什麼耳？小柚跟著緊張兮兮的東張西望起來。放眼望去，空無一片，除了望不見邊際的鹽巴地，還有那座冰湖。哪來的牆？既然沒有牆，又哪來的耳朵？

「從現在開始，請保持最高品質的安靜無聲。」六眼說完話後，連腳步聲都變得輕盈。

「為……」小柚想問為什麼，一下子惱怒起來，自己好像從大女孩變成了小女孩，又恢復到喜歡問為什麼的年齡。

「噓！」六眼再一次發出安靜的噓聲。

風仍然由冰湖的方向，輕輕吹來，空氣中帶著淡淡的冰涼。

「哈秋！」小柚忍不住打了一個噴嚏。

「噓！」六眼慎重嚴肅的再次發出噓聲。

那噓聲真是讓人精神緊繃，全身不舒服。小柚想開口抗議，但六眼的動作敏捷，只見到細細的足節在似雪的鹽地上留下一個個足跡，飛也似的奔跑，就在冰湖已近在咫尺，溫度越來越冷時，冰湖旁的一座小冰山裂開了一道縫隙，呼呼的風穿過那道縫隙，留下嗚嗚的淒厲歌聲。

「準備好了沒？」六眼莫名其妙的問。

小柚連回答都來不及，感覺小冰山已近在眼前，眼看就要撞上了。

「喂，小心呀！」小柚大聲喊。

啊的尖叫了出來。然而，預期的疼痛並沒有傳來。

什麼感覺都沒有，只有一個巨大的影子閃過眼前，然後小冰山就裂開來了，或許正確的說法是，六眼從那道縫隙往裡鑽，縫隙比想像中大多了；因為，縫隙不是縫隙，是兩座小山接連著的交疊處，有條很深很長的地道，就在兩座冰山間，一路往下，深不見底。

「等一下，妳可能會覺得有點冷，但請務必記住，千萬別睡著，別睡著。」六眼叮嚀著，飛快在地道裡奔跑起來。

小柚想說當然，但隨著地道裡一股股冷風吹來，她的眼皮不自覺的變得沉重起來，在不知打了第幾個呵欠後，眼皮再也睜不開來了。

風呼呼的吹，從冷變寒，從寒再變冷，從冷再變涼，從涼又慢慢變得微暖，當小柚眨了眨眼皮，感覺自己好像從遙遠的睡夢中醒來，耳邊剛好傳來六眼隆重介紹。

「歡迎來到冰湖東邊的王國，東女王的城堡。」

六眼鏗鏘有力的嗓音，沒能抓住小柚的注意力；城堡富麗堂皇的景致，也沒能吸引住她；有層層階梯，呈圓形向上，大約像座小丘一樣高，梯面的盡頭是一個平臺，平臺上放著兩具透明水晶棺木和一張尊貴的王座，小柚的目光自然被那兩具水晶棺木吸引住，沒多看王座。

她從六眼的背上跳下，雙腳生出自我意識，一步步踏上階梯，終於來到平臺。

她低頭看著棺木，看清楚了棺木裡的人。

是——饅頭！

而且，有兩個饅頭！

❷ 巧克力棒與暑假

天空的白雲飄得很快，太陽從雲後繼續放送熱力，蟬在濃密枝葉的樹頭上唧唧叫不停，這是典型的夏日氣候，暑假即將到來的夏季氣候。

小凱走出校門，剛抬起右手遮住眼角的陽光，一個長長扁平的影子就從頭上罩下，遮住了一角陽光，等眼睛焦距終於調整好，可以看清楚那長長扁平的影子時，小凱的背後和脖子同時遭受到攻擊。

「喂，你要的巧克力棒。」和泰把裝著巧克力棒的扁平盒子高舉在左手上，右手則是在用力拍了小凱的背部一下後，玩笑的勒住小凱的脖子。

小凱轉了一下脖子，就把和泰的手甩開，另外一手精準的搶過裝著巧克力棒的盒子。

「跟你說過很多次了，別拿巧克力棒開玩笑。」小凱板起臉孔。

那高高被挑起的眉尖，好像在述說著，巧克力棒的背後有許多故事，而這故事對小凱的影響甚大，甚至也間接影響著身旁的人，如一張綿密的網絡，因為一個點改變，產生了連鎖的效應。

當然，對小凱來說，和泰也在這張網絡形成的效應裡，因為巧克力棒的關係。

「嗨，別這麼嚴肅。」和泰嘻皮笑臉了起來，推推小凱。

小凱仍舊板著臉，一會兒後拆開裝著巧克力棒的盒子，撕開內包裝袋，拿出一根巧克力棒，咬在嘴巴上。

那甜蜜中帶著些微的苦，一如他心中的滋味。想起當年姊姊找到失蹤的他，那感覺就像苦中帶甜的巧克力，然而為了救大家，姊姊做出犧牲自己的決定，讓巧克力裡甜的味道完全消失。

如今，只要一想起被留在謎霧島上的姊姊，小凱的心裡滿滿都是苦的味道。

「我不是嚴肅，是你永遠不會了解我心裡的感覺。」小凱輕輕說，嘴裡巧克力溢滿苦的滋味。

「喂，你不說，我怎麼了解你心裡的感覺？而且，怎麼說我們都是哥兒們，只要你說出來，多少我能幫你出點意見吧！」和泰也拿了根巧克力棒，邊嚼邊說。

小凱看著他，停頓了幾秒。

瞬間，蟬的叫聲停止了，空氣凝結，一下子變得寂靜，靜得彷彿能聽見時間流動的聲音，而小凱就在流動的時間裡跳躍，忽上忽下，忽快忽慢，他完全無法抓住節奏，全亂了調，然後那流動的時間很自然就吞噬了他，蓋過他的雙腳、雙手，淹沒他的胸膛，最後逼近他的鼻腔，他就要喘不過氣來了，他就要滅頂了，他……

一隻手，突然搭上他的肩膀，解救了他。

小凱大大喘了一口氣，這是解救生命非常重要的一口氣。然後，他抬頭，見到了手掌搭在他肩上的人。

「綠笛！」

小凱和綠笛從小一起長大，綠笛的年紀比小凱的姊姊略長幾歲，他們一起經歷了許多事，包括在謎霧島上冒險，然後一起失去了姊姊——小柚。

小凱知道，從很小的時候開始，綠笛就一直喜歡著小柚。

「暑假到了。」綠笛抽回手，嘴邊多出一抹苦笑。

歲月無邊際的流動著，看似帶走了一些東西，大家都長大了，綠笛今年也升上大學二年級，但只有小凱和他的心裡明白，有些東西是帶不走的，那些在謎霧島上的回憶，尤其是和小柚有關的。

「嗨，綠笛哥。」和泰高高舉起一手，以擊掌方式和綠笛打招呼。

這是和泰第三年見到綠笛了，從國一和小凱同班開始，每年暑假一到，綠笛就會出現，該怎麼形容這位今年升上大學二年級的哥哥呢？

和泰還記得第一次見到綠笛時，有點被他那對長得又大又長的耳朵嚇到，那時他是短髮，現在頭髮變長了，直直長長的頭髮蓋住了耳朵，幾乎垂到了肩膀上。

「你好，和泰。」綠笛簡單打了招呼，視線停在小凱的巧克力棒上。

小凱注意到了，三兩口吞下巧克力棒，重重嘆了一口氣。

和泰一見到小凱嘆氣，朝著綠笛猛眨眼，然後用嘴形無聲說著：

「他的心情壞透了！」

綠笛明瞭的點點頭，其實何止是小凱的心情壞透了，他也一樣！

這一切的事，得從一盒巧克力棒說起，那是許多年以前的事了，有對姊弟因為一盒巧克力棒而吵架，因為吵架而引發了類似蝴蝶效應，一切不幸的事，好像都從那盒巧克力棒和那年的暑假開始。

❸ 哀傷的訊息

對小凱來說，他很開心每年暑假有綠笛的陪伴，雖然他們彼此知道聚在一起的原因，為了等待，等待回到謎霧島的機會。但，小凱仍然很開心，從失去姊姊——小柚後，爸媽從沒停過爭吵，然後分居，最後離婚，小凱雖然跟著爸爸一起生活，但工作忙碌的爸爸，從沒一天真正陪伴過他，他總是孤單一人，只有等到暑假的時候，綠笛會來找他，度過整個暑假，也只有在這時候，他才不是孤單一人。

「你覺得……」綠笛的聲音像黃昏夕陽西下的影子，拉得又老又長。

小凱停下腳步，站在巷口，轉頭望著綠笛。

綠笛輕咳了一聲，清清嗓子。「你覺得她在那裡過得好嗎？」她。

腦袋只停頓了一秒，小凱很快就明白，綠笛說的她，是指姊姊——小柚。

小凱老實的搖搖頭，「說實在，我很擔心，每日每夜都在擔心，擔心她被六眼……」

小凱的話沒說完，綠笛接了他的話。「吃掉！」

然後是兩聲冗長嘆息，綠笛和小凱互望著，四周突然安靜下來，時間好像靜止了很久，大概有一個世紀。

先開口的是小凱，他小小聲說，或許連他也沒信心，不是那麼肯定。

「我想應該不會吧！」他是這麼安慰自己的，他的姊姊一向很堅強，也勇敢，在緊要關頭總能做出讓人嚇一跳的決定。

譬如：為了救大家，包括他和綠笛，還有紅嘴、小灰球和饅頭，姊姊自願留在謎霧島，被當成了賀禮，送給即將甦醒過來的東女王。

「希望是這樣。」綠笛的說話聲變小了，眼神看起來更哀傷。

小凱拍拍他的肩，希望能安慰他。

綠笛太喜歡小柚，這是小凱從小就知道的事。曾經聽人這麼說過，小時候喜歡的對象，會隨著物換星移，歲月的流逝而改變，但顯然這種說法並不適用於綠笛身上。

「去年……」綠笛停頓了一下，好像接下來將說出口的話，讓人心情沮喪。「小灰球在去年夏天死了。」

「嗯。」小凱點點頭，「以貓的壽命來說，牠算是很長壽了。」

小灰球是小柚養的一隻貓，從小時候就一直陪伴著小柚，小柚和小凱一直把牠當成是朋友。

「真可惜，牠沒能等到重回謎霧島的日子。」綠笛抬頭望著天空。

小凱看著綠笛的側臉，希望找出提振士氣的話。「不過，紅嘴倒是奇蹟般的還活著。」

以鵝的壽命來說，牠就像凍齡了一樣。

「牠……」綠笛深吸一口氣，這個話題為他帶來精神。

小凱接著說：「紅嘴仍然在我外公家。」

小凱說完了這句話，隨即和綠笛一起陷入了沉默中，漫長的等待為人帶來折磨，隨著歲月一年年流失，回到謎霧島變得遙遙無期，機會渺茫是他們最不能接受的事，尤其在想到獨自留在謎霧島上的小柚時，濃濃罪惡感啃蝕著他們，最可怕的是他們無法對任何人訴苦，否則極可能被當成精神失常。

「我不想帶著這樣的遺憾長大、變老。」小凱由感而發的說。

綠笛明白他說的事，輕輕點頭。

兩人無聲的恢復腳步，往巷子裡走。

快回到小凱家門前，他們同時發現門口站了個人，是個女人，看來已經在門口站了很久。然後，她以極慢的速度轉過來，在見到小凱的剎那，小凱也發現了她哭得紅腫的雙眼。

是他的媽媽。

自從多年前父母離異後，跟著爸爸一起居住的小凱，一年裡頂多只會見到她一、兩次。

「小凱，你、你……外、外公過世了……」媽媽的話沒說完，哭聲蓋過了一切。

❹ 冰湖東邊的王國

「我、我不明白，妳為什麼要這樣做？」

一陣刺骨冷風吹來，吹得小柚渾身痠痛，像被幾十萬枝針同時紮到，只差沒跳起來尖叫。

尤其眼前的這個人，這個長得和饅頭一模樣，性格卻南轅北轍的人，她冷漠的態度、驕傲的神情，請注意：這裡的她，是女字邊的她，而不是男字邊的他。

她幾乎逼得小柚快受不了，全身繃緊的神經像刺蝟的尖刺，隨時可能抓狂，大吼大叫衝上前。

她，就是這座城堡的主人，也是謎霧島上的主人——東女王。

剛剛甦醒，從水晶棺木裡爬起來的女人。

「妳是說……把他蒸熟了吃掉，這件事嗎？」東女王彈了彈手指，像談論著彩繪玻璃窗外的天氣一樣輕鬆。

那明明是一張看起來大約只有七歲的臉孔，原本應該是純真無瑕，但不論如何，從哪個角度看起來，她都顯得冷酷、驕傲、自私、並且高高在上，沒錯，就是高高在上，那種睥睨天下的感覺，讓小柚覺得很不舒服。

尤其那對捲翹的睫毛上沾著水鑽光澤的粉末，晶晶亮亮的光，閃呀閃，閃得讓人眼花撩亂，頭痛的不得了。

小柚不明白，明明是一模一樣的臉孔，只是一男一女，差別難道就是天和地嗎？

「他……妳怎麼能說得這樣不痛不癢，饅頭難道不是妳的哥哥或弟弟嗎？」小柚跑上前，阻擋在另一具水晶棺木和東女王之間。

「我的弟弟或哥哥？」東女王從鼻腔哼出了嗤之以鼻的聲音。「看來，還是有部分的事情，妳並沒想起來。」

緊接著的是幾聲冷笑，那刺耳的輕蔑聲像窗外咻咻冷風，同樣令人厭惡。

「我應該想起什麼？」小柚討厭她高傲的模樣，尤其是她說話時高高挑起的一邊眉角，跟七歲的臉孔一點都不搭。

東女王把臉挪近，近得差點就要貼在小柚臉上。

說實在，小柚還真有點怕她，那氣勢很嚇人，根本不是一個小孩所能擁有，她像七、八十歲的老太婆，或許是個老巫婆。

「妳應該想起，其實饅頭和……」呼嚕嚕的聲音傳來，倒掛在兩根柱子間的大蜘蛛六眼，終於耐不住寂寞的開口。

但這一開口，隨即引來東女王好大的噓聲。

「噓！」

只有一根手指壓在嘴上，表示安靜的動作。

六眼嚇得馬上閉嘴，然後東女王慢慢轉向牠，漂亮捲翹的睫毛眨呀眨，水晶般透亮的目光流洩出冷風一樣的寒意。

「六眼，這裡沒你的事，還不快退下！」

人人都懼怕的大蜘蛛在這個小女孩面前，卻顯得如此微不足道，後退跑走的迅速，可被列入金氏世界記錄，小柚不過眨了一下眼睛，六眼已失去了蹤影。

「那隻笨蜘蛛有告訴過妳，這座謎霧島是我的嗎？」雙手背後，又長又直的裙襬遮住了東女王的雙腳，給人一種她好像飄浮在地上的錯覺。

小柚緊張的吞了一口口水，不由自主往後退一步。

「六眼只有說過，妳是牠的主人。」雙手握拳，小柚告訴自己不能害怕。

然後，那幾句對白又從她的腦海裡跳出來——

「如果，妳能擁有一座島，妳想要什麼模樣？」

「鯨魚！還有，除了形狀像鯨魚之外，我還要有閃閃發亮的魚眼，綠綠的魚鰭，高高隆起的魚背，還有……外公，你猜猜，明明是魚，但卻不是魚，生在海洋裡，卻用肺呼吸，到底是什麼？」

謎霧島真的是這個東女王的嗎？

疑問聲像顆細小的石頭，小石頭丟進了小柚的心湖裡，激起了一圈圈的大漣漪。

「嘻嘻、嘻嘻……」東女王突然掩嘴笑了起來，笑得彎腰駝背。

「有什麼好笑的？」小柚不高興的瞪著她。

笑聲終於止住了，東女王站得直挺挺，轉身往水晶棺木的後方走，順著階梯一步步往上，來到王座前，在王座上坐下來。

「很久以前，我所擁有的不只是冰湖的東邊，我是整個謎霧島的主人，後來發生了一件事，那些可惡的螞蟻開始出現了，而我又被迫沉睡，所以今天在謎霧島上，才有那麼多膽大放肆的人和生物。」

東女王的雙手放在王座兩邊的扶把上，隨著越趨激動的談話，她用力的拍著扶把。

然後，她俯身向前，居高臨下的瞪著小柚。

那目光銳利得像兩把劍，閃著冰冷鋒利的光芒，而那嘴角彎曲的幅度，絕對不是愉快的笑紋，比較像是深思熟慮過後的算計。

果然，東女王從王座上站起，慢慢走下來。

說真的，小柚有點擔心她的裙襬，如果踩到了，滾下來肯定會痛得讓人抱頭痛哭。

「我想……」東女王在小柚面前停住，雙眼盯著她，繞著她轉了一圈。「我們談個交易如何？」

「交易？」小柚才不相信，肯定不會有什麼好事。

「我可以答應放了妳的饅頭。」東女王看似大方的說。

C.H.Liao
2016

「真的？」小柚告訴自己不能相信，天底下絕對沒有這麼好的事。

「真的。」東女王又笑了，不知為什麼，明明是個長相清秀美麗的孩子，但那笑容卻讓人毛骨悚然。「不過既然是交易，當然有條件。」

「什麼條件？」小柚早習慣，總之天底下沒有白吃的午餐，早餐、晚餐也都沒有。

尤其和她談條件的，又是眼前這個可怕的女王。

東女王拍了拍手，讚許小柚的識時務。「聽說蟻國蠢蠢欲動，已經在集結大軍了。」

「蟻國大軍？」那是什麼？螞蟻群嗎？

「牠們以為我睡著了，什麼都不知道。」東女王的雙手抱胸，仰望一眼窗外。

「妳的任務是去摧毀那群笨螞蟻軍團，那麼我就可以答應妳，放過妳的好朋友饅頭，妳覺得如何？」

小柚遲疑著，並不覺得螞蟻軍團會難對付，但是東女王真的會放過饅頭嗎？她懷疑。

「我……只要我幫妳處理好螞蟻軍團的事，妳就會真的放了饅頭嗎？」

東女王高高抬起下巴，以王者之姿，尊貴的身分。「我是個女王，難道會說話不算話嗎？」

小柚無話可說，但心裡總有一股不安的感覺，七上八下。「饅頭可以跟我一起去嗎？」

「不可能。」東女王斷然拒絕，但給予算合理的解釋。「饅頭得留下來當人質，否則我怎麼確定妳會去幫我處理螞蟻軍團的事？何況，饅頭什麼時候才會醒過來，誰也不知道。」

小柚不得不承認，她說得算有道理，但是……

「那，我如何確認，萬一我幫妳處理好螞蟻軍團的事，妳卻把饅頭給蒸熟吃了，那我又該怎麼辦？」

一想起饅頭的善良和貼心，小柚說什麼也不放心把他留下。

「不如這樣吧。」東女王想了想，走回到王座，伸手到王座後，撈了許久，終於找出了一頂皇冠。「妳把這個拿走，等妳處理好螞蟻軍團的事，就帶著這頂皇冠回到這裡，妳把皇冠還給我，我把饅頭交給妳，妳說這樣可以嗎？」

小柚的雙眼緊盯著皇冠。

皇冠！

是真的皇冠耶！

皇冠上鑲滿了耀眼的碎鑽，那些碎鑽延著彎曲的造型延伸，形成了兩隻翅膀的形狀，在翅膀的正中央則嵌著一顆紅色閃耀的寶石。

東女王笑嘻嘻，緩慢的由王座上走下來，把皇冠交給小柚。

小柚伸出雙手，小心翼翼的捧著。

距離拉近了，近距離的觀察下才發覺，那顆閃耀的紅色寶石，其實是一顆玻璃珠，但其餘的碎鑽，貨真價實，全是真的。

「如何？等妳解決了螞蟻軍團的事，拿皇冠來換饅頭？」東女王挺直背脊，恢復一貫高高在上的模樣。

小柚也想不出更好的方法了。

「好、好吧！」

東女王瞥了一眼小柚，圈起指頭，吹了聲哨音，隨著砰咚、砰咚的震盪聲傳來，六眼巨大的身影很快又重新出現。

東女王對著六眼，揮了揮手，輕輕說：「帶她去休息吧，明天一早，和她一起往蟻國出發。」

說完話，她轉身，往水晶棺木的方向走了幾步，然後停下，就像忘了交代最重要的事。

「對了，六眼，別忘了多嘴說錯話，會帶來什麼後果！」

5 蜥蜴人與紅嘴

巴士在暗夜裡搖搖晃晃，搭上車外一閃一閃的電光，濛濛夜色，難免給人一種前景茫茫的感覺。

然而，這只是一時的，短促如流螢餘光，當雷聲轟然響起，下一道閃電又落下時，小凱和綠笛同時發現牠——一隻長著翅膀的灰色虎斑貓。

貓咪移動輕緩的步伐，來到綠笛和小凱面前。

「小灰球！」小凱和綠笛同聲開口。

前排座位的幾個乘客，轉過頭來，看著小凱和綠笛。

「時空裂縫快開啟了，你們準備好了嗎？」小灰球抖了抖一身皮毛，慎重的問。

車上的乘客，包括媽媽，好像都看不見小灰球。

小凱和綠笛互看了一眼，堅定點頭。

「好。」小灰球拍動翅膀飛起來，「我們沒有多餘的時間寒暄了，因為東女王已經醒了，整個謎霧島地下的蟻國大軍正在蠢蠢欲動。」

「蟻國大軍？」小凱露出不解眼神。

「那是什麼？」綠笛也一樣。

他們的說話聲，吵醒了雙眼哭得紅腫的媽媽。

「怎麼了？」媽媽迷迷糊糊的問。

小凱趕緊搖頭。「沒什麼。」

媽媽打了個呵欠，沒忘交代。「車子到站的時候，記得叫醒我。」

巴士搖搖晃晃，車窗外開始下起了大雨，雨絲斜打在車窗上，雨水嘩啦嘩啦往下流淌，那流淌的雨水看起來像暴漲的溪水，某些記憶在溪水中翻滾，從腦海裡不斷跳出來，直到一隻手掌，拍落在他肩上。

小凱猛然抬頭，看著綠笛。

媽媽不知在什麼時候，又睡著了。

「我們得動作快。」小灰球說著，在綠笛和小凱的頭頂上盤旋。「等一下會有點顛簸，希望你們別介意，還有……如果想吐的話，就吐吧，別強忍了！」

牠說完話，滴答滴答的聲音馬上響起，起初以為是雨聲，但隨著滴答聲越來越響亮，有個模糊的影像也越來越清晰。

是鐘！

小凱想起了外公家裡，被放置在客廳角落的大鐘。

那滴答、滴答的聲響，就是鐘擺晃動時發出的聲音。

小凱差點大聲喊出來，但細微的歌唱聲好像從很遠很遠的地方傳來，歌聲越來越清楚，越來越大聲，然後歌聲蓋過了一切，車外的雨，打雷的聲音，閃電的光，巴士外的公路變得模糊。

歌聲越來越大、越來越響亮，悠悠揚揚地……

遙遠的歌、遙遠的河，河水不停，流呀流；流過小彎、流過田丘，帶走了記憶，記憶裡的河流；不停的流，不停的流，到底帶走什麼？帶走了什麼？

然後，一切開始變形了，小凱發覺自己飄浮起來，巴士的座位變得扭曲，車窗外的燈光被拉長，車上的乘客變得模糊，綠笛的雙眼凸出來，鼻子走位了，臉孔扭曲成一條繩子，接著小凱像被丟入洗衣機裡一樣，開始天旋地轉，他想開口喊出聲音，卻先吐了。

沒錯，他吐了，他很確定，不只有他。

等一切停下來，他的雙腳終於不再發抖，他發現綠笛的情況與他一樣，兩人一起趴在地上，身旁有剛嘔吐過的痕跡，而巴士不見了，媽媽不見了、車上的那些乘客也不見了、這裡沒有下雨，一滴雨水也沒有，而且是亮著太陽的大白天。

「喂、喂，危險呀，前面的，快讓開、快讓開、還不快讓開！」

腦子還像醬糊一樣的凝結成一團，耳朵已先傳來了瘋狂的吼叫聲。

小凱和綠笛一抬頭，見到的是一個更瘋狂的畫面，一隻斷了尾巴的蜥蜴騎在一隻紅色嘴喙的鵜身上，鵜瘋狂的奔跑，好像背後有一群猛獸在狂追。

小凱和綠笛本能的退開一步，剛好閃過了那隻鵜和蜥蜴，下一秒，那隻鵜的頭撞上了前方的一棵桂花樹，鵜摔倒了，蜥蜴從牠身上掉下來。

「還好，時間剛剛好，這次還是安全到達。」然後小灰球的聲音，從不遠處傳來。

聽來有幾分得意。

尤其是那句，這次還是安全到達。

小凱和綠笛一起站起來，小灰球朝他們飛過來。

「你們都還好吧？」

綠笛和小凱並沒有回答牠的話，顯然他們更在意那隻撞昏頭的鵝。

小凱大步上前，走到鵝的旁邊，蹲下來，抱起牠。

「紅……紅嘴？」他在記憶中搜尋，尋找著和這隻鵝相關的回憶。

紅嘴鵝似乎醒過來了，先猛力拍了幾下翅膀，然後從仍沒醒覺過來的驚慌中，繼續狂聲大喊。

「糟了、糟了，不好了、不好了！」

「蜥……蜥蜴人！」同一個時間，綠笛一手拎起那隻從鵝身上掉下來的蜥蜴，蜥蜴半醒半昏迷的喃喃自語。

「螞蟻大軍、螞蟻大軍來了、到處都是螞蟻。」

6 勇敢的安特公主

天快亮前，從冰湖的另一邊閃過一道光束，是這道光束驚醒了小柚，也是這道光束讓小柚開始踏上解決問題的旅程。

她還記得東女王最後的話：

「等妳處理好螞蟻軍團的事，妳就帶著這頂皇冠回到這裡，妳把皇冠還給我，我把饅頭交給妳，知道嗎？」

「很久以前，她的脾氣不是這樣的。」六眼的聲音適時拉回小柚的思緒。

「什麼？」小柚的腦子裡還嗡嗡響著昨日東女王的話。

六眼停下腳步，藉著冰湖上的倒影，看著坐在牠身上，頭戴著皇冠的女孩。

「我說，我的老闆以前的脾氣，不是這樣的。」

小柚也注意到冰面上的倒影。「她……為什麼和饅頭長得一模一樣？」她才不在意東女王從前的脾氣如何，最重要的是解救出好友饅頭，所以為何東女王和饅頭長得幾乎一樣，就成了小柚心裡最大的疑惑。

「妳明知道，在這個謎霧島上，有些話能說，有些話是不能說的。」六眼恢復移動，龐大的身軀走在冰亮的湖面，喀嚓喀嚓的震動聲不斷由腳下的冰面傳來，讓人忍不住要捏一把冷汗。

小柚當然也注意到了。

「我們能……」她看了一眼前方，身體隨著蜘蛛移動的腳步左右搖擺。「我是說，只有冰湖面這一條路嗎？不能走其他地方？」

「這是最近的路，我想也是最安全的路。」六眼又往前移動幾步，冰層下傳來另一聲喀嚓，一道裂痕像流星一樣迅速的畫過冰面，閃電一樣的往前延伸。

「安全？」小柚盯著冰面。「我看一點也不！」

六眼再度停下腳步。「我們得繞到蟻國軍隊的後方。」

「我看，還沒繞過去前，我們就會掉到冰湖裡了。」坐在蜘蛛的背上，小柚雙手揪緊像氈毯一樣的毛，忍住腦中的想像。

如果掉進了冰湖裡，恐怕只能撐個幾秒，就算能游泳，一定也會被凍死。光閃過這個念頭，渾身就不知跳起多少個雞皮疙瘩，因為寒冷。

冷。

是的，冷。

起風了，一道風從前方颳來，帶來刺骨的寒意，吹起片片雪花，瞬間霧茫茫一片，那冰層下的裂紋像被補平了一樣，就像這隻蜘蛛從未在上面移動過，不曾有過閃電般的裂痕。

「妳會知道，走在冰湖上，還是比較安全的。」六眼低聲強調，然後恢復腳步繼續往前走。

或許是為了呼應牠的話，風越颳越起勁，紛飛的雪花讓視線變得模糊，降到了幾乎是零的糟糕狀態。但，那是對人類而言，對一隻蜘蛛來說，影響不大。喀嚓、喀嚓的響聲繼續在小柚的耳邊響著，震動聲因為颳起的寒風，不再帶來可怕的冰裂聲，稍稍讓人安心了一些，但冷得要死，如果不趕快離開這座冰湖，就算沒掉進湖裡凍死，也絕對會讓人冷成冰棒。

「也許吧！」小柚只能更貼緊蜘蛛的背，希望藉由那些粗硬的毛，帶來些許溫暖。「但，我覺得我快凍死了！」

「你們人類就是這麼脆弱。」六眼的身體起浮著，因為笑聲而震動。

「是的。」小柚無法否認，但萬物都有弱點，也有強處。「但，人類的頭腦卻是最聰明的！」

「是這樣嗎？」六眼的聲音裡充滿懷疑。

那懷疑對小柚來說是挑戰。「當然，我們懂得學習，透過學習，我們知道萬物都有弱點的道理，要我舉個例子嗎？」

六眼咕隆了一聲，聽不出認同或反對。

「譬如，在像這樣的大風雪裡，我們最需要的是光，如果有光或火，對，火也能同樣帶來光芒，就能讓我們看清楚路，看清楚路後我們就不用膽戰心驚。」坐在蜘蛛的背上，小柚已經盡量張大雙眼。

但，前方仍然茫茫一片。

六眼又咕隆了一聲，這次聽起來比較像嘲笑。「據我所知，我們蜘蛛可不需要妳說的光，沒有光，我不也一樣馱負著妳，在冰湖上行走。」

小柚一時找不到反駁的話，但絕對不像六眼說的，危險總在黑暗之中蟄伏。沒錯，危險總是蟄伏在黑暗中。

當小柚的腦海再度閃過這句話時，前方霧茫茫的風雪裡傳來了呼救的聲音。

「救命呀、誰來救救我呀！」

「喂！」小柚拍拍六眼的背。「你聽到了嗎？」

六眼停下腳步，風颳動雪花的聲音呼呼的響，像個歇斯底里吶喊的人，而在一聲聲的吶喊中，確實摻雜著微弱的呼救聲。

「我想……」小柚在蜘蛛的背上站起來，瘦弱的身體隨著風雪搖晃。「在那裡，聲音是從那裡發出來的！」

她指著左前方，在那片茫茫的未知裡。

六眼猶豫著，遲遲不想跨出腳步。

「我們不應該見死不救！」小柚厲聲說。

六眼重重嘆了一口氣，「多管閒事，通常會帶來歹運！」

「你不幫忙，只好我自己去。」小柚作勢要從六眼的背上跳下來。

「算了，我們一起過去看看吧！」六眼轉向左方，開始往那一片的霧茫茫裡出發。

風，一樣咻咻的颳，六眼龐大的身軀馱著小柚在風雪中前進，但隨著震盪的步伐，冰面上濺起了無數雪花。

「危險！」小柚大喊，從六眼背上跳下來。

六眼收住腳步。

「這裡的冰面比較薄，別再往前移動了！」小柚迅速跑到六眼前方，用力揮舞雙手，然後她看到了那個呼喊救命的人。

不，不是人，而是一隻螞蟻，但以螞蟻來說，牠未免長得太大了，足足比小柚還要高出一個頭。

天啊！地球上有比人長得還高的螞蟻嗎？是屬於哪一個品種？還是……牠到底吃了什麼？

但，不管如何，現在，牠正陷在裂開的冰面裡。

在小柚和六眼解救了牠之後，才知到牠的名字叫安特，牠是一個勇敢的公主，一個來自蟻國的公主。

❼ 小灰球的救援計畫

「你說什麼來了？」綠笛一手拎起蜥蜴人斷裂的尾部，把牠高舉到眼前。

「螞蟻大軍來了！」蜥蜴人在綠笛的手中掙扎，陽光從樹縫裡撒落下來，讓牠看不清楚眼前長得又高又壯的人。

「你還是和從前一樣愛說謊！」綠笛抨擊。

「紅嘴、紅嘴！」同一時間，小凱捧起紅嘴，檢查牠的傷口。

剛剛那一撞，恐怕沒撞掉半條命，也會撞傷頭吧！

紅嘴甩甩長脖子，這次似乎真的完全清醒過來，但先映入牠眼簾的卻不是小凱，是那隻長著翅膀，會飛的貓。

「小、小灰球。」紅嘴跳離小凱的手掌，衝向貓。

「看到你醒了，真好，你看我帶誰來了！」小灰球在紅嘴的周圍飛翔。

「誰？」紅嘴轉動長脖子，先看見手拎著蜥蜴人的綠笛，然後是距離他只有一個腳步的小凱。「你……綠……綠笛！」

紅嘴的眼睛一亮，跳出光彩。

綠笛朝著他點點頭。

紅嘴又轉向小凱。「那……你一定是……」

「我當然是小凱。」小凱蹲下來，張開雙臂抱住紅嘴。

「小凱，真的是你，小凱。」紅嘴興奮得不斷拍動翅膀，那白色的羽翅因為過於激動，還扯掉了幾根。「你們變得又高又壯，你們長大了！」

「對了，這隻陰險狡詐的蜥蜴，怎麼會跟你攪和在一起，還有你們剛剛說什麼來了？」綠笛用手指朝著蜥蜴人的腹部彈了一下，氣得蜥蜴人拱起上身，想咬他。

「先、先把牠放下來吧！」小凱求情。

「算了，反正也不怕這個壞蛋跑掉。」綠笛有點粗暴的把蜥蜴人抛到地上。

沒想到四腳一落地，剛恢復自由，蜥蜴人趕快爬起來，跑到小凱的腳邊，抱住他的腳。

「小凱呀，沒想到你還是像小時候一樣心腸仁慈，是我的大恩人。」

「什麼恩人，你之前還不是恩將仇報！」綠笛伸過來一腳，把蜥蜴人從小凱腳邊掃開。

他沒忘記小柚為何會留在謎霧島的原因，都是這隻蜥蜴帶著黑鼠公公、白鼠婆婆、和那群灰鼠們，夥同蜘蛛六眼，一起圍攻他們。

「算了，綠笛，我們先聽聽，到底發生什麼事了。」小凱再一次解救了蜥蜴人。

蜥蜴人熱淚盈眶。「謝謝小凱大人，其實我早就改邪歸正了，從那些螞蟻出現開始，不信你們可以問紅嘴，紅嘴的話，你們總信得過吧！」

小凱和綠笛一起看著紅嘴。

紅嘴頻頻點著長脖子。

「螞蟻？」小灰球點出了話裡的重點。

「對，不僅是螞蟻，還是螞蟻大軍！」蜥蜴人動作誇張的述說著。「牠們集結，往冰湖的方向前進，蟻后準備向東女王進攻！」

「怎麼我才離開一下子，就發生這麼大的事。」小灰球拍著翅膀，上上下下飛翔，像在思考著什麼。

「蟻后為什麼要進攻東女王？」小凱直問重點。

「該不是你這隻蜥蜴又亂放話吧！」綠笛就是無法相信蜥蜴人。

「天地良心，我的話如果你們不信，可以問紅嘴呀，紅嘴的話，你們總信吧？」蜥蜴人莫可奈何的攤攤兩隻前肢。「這次，我可是跟著紅嘴一起出生入死呀！」

紅嘴又朝著綠笛和小凱直點頭。「這隻陰險的蜥蜴，這次真的變好人了，我們一直跟著蟻國的軍隊移動，恐怕戰爭就要一觸而發了！」

「這樣……」綠笛想了想。「就憑小小的螞蟻軍團，能打贏東女王嗎？」

「你可別小看了螞蟻。」蜥蜴人忍不住插嘴。

紅嘴又點頭。「對，沒錯，牠們所到之處，可以讓寸草不生！」

「對，太可怕了，是我見過最可怕的。」蜥蜴說著，瑟瑟發抖了起來。

「那……」小凱想了一下，說出了最重要的事。「我姊呢？真的被六眼送到東女王的城堡了嗎？」

紅嘴和蜥蜴人同時停頓。

幾秒後，回嘴說：「我想是的，我就是追蹤六眼的行跡，才會發現蟻后的軍隊。」

小灰球從天空上飛下來，如果牠能像人類一樣彈動手指，此刻牠一定會這麼做。「大家，我想，我想到一個好辦法了，不如我們就偷偷跟著蟻后的大軍前進，我們可以趁著蟻軍攻打東女王的城堡時，闖進去救出小柚。」

小凱無法否認，這確實是一個好辦法，但是……

誰知道東女王會怎麼對付他的姊姊呢？

希望她現在仍然毫髮無傷，一切平安。

8 一個名叫獨臂的殺手

古老、古老以前，謎霧島上的北邊就流傳著這樣一則傳說：

孤獨的家族，孤獨的人，當東邊的月亮升起，月光再度撒落在冰湖上，那個女孩醒來，鯨魚的眼化成淚水，女孩注定要與孤獨的人相遇，終結孤獨，北邊的妖怪呀，這是你的宿命，你的宿命。

現在，這個北邊的妖怪，孤獨的人，走在滿是落葉的林蔭小徑上，牠的內心清楚、意志堅定，牠要去執行最新收到的命令。

牠，沒錯，是牠，因為牠是一隻螳螂，一隻名為獨臂的螳螂，也是謎霧島上赫赫有名的三大妖怪之一，牠的出生是個謎，關於牠的傳說也有很多，但絕大部分是說牠的母親殺了牠的父親，而在牠還小時，殺了牠的母親，在這過程裡牠失去了一隻手臂，獨臂的名字就是因此而來。

以一隻螳螂而言，在成年之前，失去的手臂應該會很快長回來，但不知為什麼，獨臂的手臂一直沒再長回來，或許是在與牠母親搏鬥的過程中，耗去牠太多體力，使牠失去再生的能力，甚至奄奄一息。

獨臂帶著鐮刀的前肢抵在地上。

牠抬起頭，觸鬚在空氣中顫動，感受微風輕輕吹動所帶來的訊息，風中帶著不安的騷動，一如牠年幼時的那一天。

在那奄奄一息中，是她救了牠。

那個女孩。

「妳是誰？」獨臂幾乎一刻也沒忘記那甜美的嗓音。

「我……」女孩笑得像花一樣，烈日下綻放燦爛的花。「這樣吧，如果你一定得知道我是誰，那麼你就稱我為——東女王吧！」

「東女王！」獨臂嘆了一口氣。

告訴你，你會成爲我的三大妖怪之一，以後你的名字就叫——獨臂。

「獨臂。」獨臂再度咀嚼這個名字。

看看你手上的那把大刀，你會成爲最棒的殺手！

「沒錯，我是最棒的殺手！」獨臂振動翅膀，張開羽翅，奮力往上飛騰。

女孩醒了，東女王醒了，風捎來了訊息，東女王要牠去執行一個任務——去，去吧，獨臂，去殺了膽敢入侵我冰湖東邊王國的蟻后，去殺了蟻后吧！

9 猴群搬家

「你們太低估那群螞蟻了，你們這樣的行為跟自殺根本沒兩樣。」幾乎在轉身往回走的一剎那，蜥蜴人就後悔了，才會一路嘮嘮叨叨說個沒停。

綠笛真想一腳踩扁牠，或乾脆一把將牠扔到草叢裡，扔得越遠越好，但無奈現在牠站在小凱肩膀上，兩隻前爪緊緊抓著小凱的衣領。

「我不知道為什麼蟻后要攻打東女王？」小凱抓抓頭髮，說出一直困擾在他心裡的問題。

「誰知道呢！」紅嘴也想不透。

小凱把視線轉向綠笛，兩人再一起看著小灰球。

小灰球停止飛翔，當兩隻後腳落在地上時，牠也收起了翅膀，學習人類一樣的站立起來。

「關於這件事，我也不是很清楚，不過有一些傳聞，據說蟻后和東女王有很深的過節。」

「什麼過節？」小凱和綠笛齊聲問。

小灰球拍拍翅膀表示不知道。「確切的情況，恐怕只有問那些螞蟻才會知道了。」

「那……」綠笛想說，乾脆抓幾隻來問，不就好了嗎？

剛這麼想，眾人繞過一個彎，原本蒼翠的林蔭突然間不見了，翠綠的草地也不見了，地上除了灰褐色的泥土外，就剩下一些巨型石頭和碎石。空氣中瀰漫著一股不安，那股不安並非來自於泥土的氣味，也並不是因為消失殆盡的青草香，反而是因為一種難以解釋的味道，這味道就像野火焚燒過大地。

「天啊！這到底怎麼回事？」紅嘴衝上前，愣愣的張大紅色嘴喙。

蜥蜴人從小凱的肩上爬下來，爬離他的褲管，離開鞋頭，站到紅嘴腳邊，沉默了一會兒，順著鵜掌往上爬，爬上白鵜肥胖的身軀，靠在牠的脖子上。

「我說過了，這是螞蟻軍團的可怕。」牠用前爪，敲敲紅嘴的長脖子。「你自己不也說了嗎？牠們所到之處，寸草不生！」

紅嘴全身的羽毛喀咖喀咖的響了一陣。

小凱和綠笛的神情肅穆，看著眼前的一切，一下子全沒了聲音。就連小灰球，也豎起全身皮毛，一副備戰狀態。

「現在……我們……」蜥蜴人想問，還打算勇往直前嗎？

「我一定要去救姊姊。」小凱語氣堅定的說。

「我要去救小柚。」綠笛也一樣。

兩人說完話，眼神堅定的看著彼此。

上一次，他們已經退縮了，不管最後決定者是不是他們，但離開謎霧島是個不爭的事實，而代價則是日夜難安的擔憂，一年又一年，這才是最恐怖的折磨。

「我也一樣。」小灰球拍動翅膀，再一次騰空飛起。

紅嘴雖然膽小，但沒忘記至今仍然活著，是因為上一次小柚的挺身而出。她自願成為東女王的賀禮，換來其他人的安全，包括紅嘴。

「我……也算我一份。」紅嘴拍拍翅膀，硬著頭皮說。

站在牠脖子後的蜥蜴人嘆了口氣，對著天空大喊。「你們這叫送死，是白白去送死的行為，或許等到那些螞蟻爬過你們的身體，啃光你們身上的皮、毛、肉，或者……更多，其他的東西，一丁點也不留，你們才曉得什麼叫害怕的滋味！」

「閉上你的嘴。」綠笛生氣的想給蜥蜴人一掌。

蜥蜴人眼明手快，從紅嘴的脖子上溜下來，幾個跳躍，回到小凱的肩膀上。

「你們這不叫勇氣，分明只是傻氣，因為如果夠聰明的話，從現在開始，你們絕對該瑟瑟發抖！」蜥蜴人不服氣的說，誰知，剛說完話，牠真的微微顫抖了起來。

而且，不只有蜥蜴人，小凱、綠笛、和紅嘴，也都顫抖了起來，除了飛在他們頭上的小灰球除外。

「這……這到底怎麼回事？」小凱發現，顫抖的不是他們，而是大地。

「對呀，地、地要塌了嗎？」紅嘴跳起來，綠笛剛好抱住牠。

幾乎綠笛才抱住紅嘴，轟隆、轟隆的聲音就傳來，從他們左方稀疏的林蔭，隨後伴隨著嘰嘰、嘰嘰的吵雜叫喊聲。

很快，猴群就出現在他們面前，像是受到極大驚嚇，逃命似的狂奔，帶頭的是一隻頭上有一撮黃色毛髮的猴子。

「曼奇！」小凱一眼就認出了那隻帶頭的猴子。

說也奇怪，帶頭的猴子一聽到他的叫喊聲，停下奔竄的動作，朝著四周發出尖銳吱吱叫聲，猴群停了下來，一下子包圍住小凱、綠笛、紅嘴、小灰球和蜥蜴人。

蜥蜴人害怕得退縮到小凱的脖子後。

「曼奇。」小凱又朝著帶頭的猴子喊叫一次。

然後，他和那隻帶頭的猴子，無聲地互看了一會兒，一下子氣氛變得非常緊繃，大家的心跳加速，戒備著，就怕帶頭的猴子一聲令下，猴群就會集體攻擊。

綠笛停住呼吸，朝著紅嘴和小灰球使眼色。

蜥蜴人抓住小凱的領子，完全躲到了他的背上，盡量讓衣服蓋住牠。

氣氛幾乎到了一觸即發，猴群們開始吱吱吱的躁動了起來，這時帶頭的猴子終於開口，彷彿是再三確認。

「小凱！」牠說著，衝過來，張開毛茸茸的臂膀，緊緊抱住小凱。

⑩ 蟻國的噩夢

小柚和六眼合力幫助安特，這位蟻國的公主，幫牠擺脫陷在裂冰裡的後腳，幾乎後腳才從獲自由，安特就馬上朝著小柚跪拜行禮。

小柚認為助人只是舉手之勞，不需要行這樣大的禮，但安特行禮顯然不是因為這個原因。

「親愛的女王呀，我的名字叫安特，我是蟻國的公主，請您聽我說。」安特低著頭說。

女王！

什麼？

小柚再次從六眼的背上跳下來，來到安特面前。

安特仍然低著頭。「女王，我冒著生命危險趕來，是想告訴您，我的母后是因為一時情緒，絕對不是真心想攻打您，真的，請您要相信我。」

安特說完話，終於抬起頭來，小柚就站在牠面前，而牠的態度是那麼的恭謙，當然除了恭謙之外，還有急切，這急切來自於想化解一場戰爭，小柚能明白牠的想法，但是……她並不是東女王！

是什麼讓安特誤會了？

啊！小柚想起了戴在頭頂上的皇冠，東女王交給她用來擊退螞蟻大軍後交換饅頭的信物。

「我想，妳誤會了，我並不是東女王。」小柚說著，把頭頂上的皇冠拿下來，低頭看著。

安特顯然因為她的話而感到疑惑。

小柚從牠的眼裡，就能看出來。說起來很神奇，以螞蟻的複眼來說，但小柚就是能看出來。不過，以螞蟻來說，眼前的安特未免也太巨大了！牠的身高足足比小柚還要高過一個頭。

這裡的螞蟻都長得這麼巨大嗎？

一想到這兒，小柚不由得擔心了起來。如果一隻螞蟻都這麼巨大，那一個蟻群大軍，將會是何等可怕！

她如何擊退一個蟻群大軍呢？想來，這將是個艱難萬分的任務呀！難怪東女王會以此為條件，來交換饅頭。

「妳……不是東女王？」安特的眼睛直盯著小柚手上的皇冠。

小柚點點頭。

「但是皇冠……」皇冠明明是真的呀！

安特雖然沒說出來，但小柚一眼就看出來，顯然牠認得這頂皇冠，一定曾經見過。

「皇冠是真的。」小柚說著，看了一眼站在背後的六眼。

六眼的反應是安靜，只咕噥了一聲，像在回應她說的是實話。

「妳偷了它？」安特從地上站起來，彎曲的前肢重新站直，讓牠看起來更高大。

「不。」小柚往後退開一小步。

「那，皇冠怎麼會在妳身上？」安特露出戒備的眼神。

「這個……說來話長。」小柚嘆了一口氣，當然不能說出和東女王的約定，擊退蟻國大軍，要消滅的可是眼前的安特公主的蟻國軍隊。

當然，如果擊退是另一種方式，譬如說，沒有爭戰的退兵，那又另當別論。

「總之，這頂皇冠會在我身上，獲得的原因和方法，絕對沒有任何不當的手段。」小柚強調。

安特仍然抱著懷疑的態度。

小柚只好轉頭看看六眼。

六眼又咕噥了一聲，百般無聊的說：「我可以證明她說的話是真的，就以我的身分，身為謎霧島上的三大妖怪之一，我六眼大爺，應該沒人不認識我吧？我的話，當然絕對可信。」

「這樣……」安特明顯嘆了一口氣。

謎霧島的三大妖怪，可是東女王最重要的三大手下，牠當然聽過，關於六眼的傳說和描述，牠當然也知道。

但，這對她而言，一點幫助也沒有，為了化解戰爭，看來，牠還是得越過冰湖，親自到東女王的城堡一趟。

「對了，從妳剛剛問我的話，妳以前就見過皇冠嗎？」見安特好像終於相信自己的話，小柚抓緊機會問。

安特盯著皇冠，甩動觸鬚，那顫動的觸鬚像探索的雷達，只是這次探索的結果令人害怕，極度的恐怖膽喪。

「沒錯，我之前就見過皇冠，不只我見過，我們蟻國的國民都見過，而皇冠也為我們蟻國帶來了揮之不去的噩夢。」

「為什麼？」小柚問。不過就是一頂皇冠而已嗎？

六眼又咕噥了一聲，這次沒接話。

安特接著說：「我們的工蟻找到它，我是說皇冠，然後把它搬回蟻巢，因為皇冠上那顆甜美的寶石。」

甜美的寶石？

小柚想，好奇怪的形容呀，寶石又沒味道，怎麼會用甜美形容呢？

安特的表情一轉，哀傷的說：「東女王皇冠上，中間的那顆寶石，像彈珠一樣圓潤，有著美麗的海浪形狀，甜蜜的比我們嘗過的任何糖霜都甜，那樣的誘惑，有誰能抵擋，所以許多蟻國的居民，都嘗過了，包括我在內，而慘事也在這時發生了，東女王為了找回皇冠，毀掉我們的蟻巢，而且所有嘗過那顆甜蜜寶石的我的族民，身體開始變得巨大，比原來大出不知多少倍，這一切都是東女王的報復，是她的詛咒！」

小柚聽得瞠目結舌。

一旁的六眼沉默了一會兒，咕噥了一聲後，輕輕說：

「不，不是東女王的詛咒，是賀卡卡偉大咒師的咒術！」

11 妖怪的傷心往事

「不，不是東女王的詛咒，是賀卡卡偉大咒師的咒術！」當六眼說出這句話時，聲音滾動著，像流水從雲端上的瀑布滑落，嘩啦嘩啦的流洩出恐慌和不安。

「賀卡卡偉大咒師？」小柚轉向六眼。

那是什麼？

六眼毛茸茸的身軀發出簌嚕、簌嚕的聲響，每根毛都像打起了節拍，而這節拍並不讓人陌生，它的名字叫——顫抖。

「那是個可怕的人呀！」六眼像朝著天空嘆了口氣，把內心所有的害怕一吐而盡。

當八個眼睛再次朝下，看著小柚和安特，六眼像鏡面一樣光滑的眼瞳裡，只剩下哀傷。

「我還記得那天早上發生的事。」牠這麼說。

「什麼事?」小柚和安特一起問。

氣氛裡震盪著憂傷的氣味，還有一種被隱藏刻意遺忘的感覺，什麼樣的事會被刻意的隱藏和遺忘呢?通常是影響很大的傷心事!

關於這樣的經驗，小柚比誰都清楚。

「那是很久以前的事了。」六眼咕噥一聲，輕輕一嘆，在兩棵樹中間趴低下來。「那是一大早，一個大清早，太陽剛升起時發生的事，讓人措手不及。」

小柚靜靜走到六眼身旁，坐下來。

安特學習她，在她身邊趴下，當個安靜的聽眾。

小柚一手輕輕撫觸著六眼毛茸茸的身軀，像溫暖的安撫，也是鼓勵。

六眼回憶似的說著:「一陣嘰哩咕嚕的咒語後，一切都變得不同了，我只記得，當太陽光照進我居住的地方，那個又溫暖又潮溼，還有點暗的地方，啊！」

六眼嘆了一口氣，回憶將牠帶回到那個巢穴，那個充滿溫暖回憶的巢穴，牠的朋友、牠的鄰居、牠剛認識的愛情，在牠的心裡暈染開，暈出一片溫暖的光，甜蜜的滋味。

但，轉眼即逝。

現在，那一切都已經不存在了。隨著那一陣嘰哩咕嚕的咒語後，唯一剩下的，只有心痛，和永遠的黑暗。

「我的身體變大了，大到我感到惶恐！」六眼跳起來。

安特有了和牠一樣的反應，是感同身受。

「一倍、兩倍、三倍……我不知道自己會變得多大，我怕身體會爆裂開來，還好，終於停止了，我以為一切會沒事，我六眼依然是以前的六眼，但事實證明我錯了，是我太天真了，自從我變大後，以前的一切，早就改變了，我的朋友開始懼怕我、我的鄰居說我是妖怪、我剛認識的愛情……當然也無疾而終，從那一刻起，我認識了什麼叫孤獨，過去的一切已經不存在了，現在的我，是大家眼中的妖怪，是六眼巨妖！」

「沒錯！」安特忍不住跳起來。

小柚和六眼同時看著安特。

安特頭頂上的觸鬚轉動了幾下，有點不好意思的說：「我並無惡意，也不覺得六眼是巨妖，因為我也有過一樣的經歷，我們大部分嘗過皇冠上那顆寶石的同伴們，也都變得巨大。」

在這裡，安特停頓了一下，看看自己，再一次看著六眼。

「我……我是說以我們蟻族的標準來說，所以我很能夠感受，突然變得巨大的痛苦，但我要強調，雖然我們變得巨大，但絕對不是妖怪。」

這次換六眼頻頻點頭，嘴裡發出認同的聲音。

小柚當然知道，巨大不一定等於妖怪，妖怪也不一定巨大的道理。

「然後呢？」但，她比較想知道的是，之後呢？六眼為什麼會變成謎霧島上的妖怪？又是如何變成了東女王的手下？

「然後？」六眼把目光轉回小柚身上，幾秒後才會意過來，接著說：「然後我離開了一直以來被我認為溫暖的巢穴，開始了漫長的旅途，最後我遇到了東女王，她是旅途上唯一不怕我的。」

說到這兒，六眼停頓了一下，像在思考著什麼，然後說：

「當然了，還有妳！」一隻粗壯的蜘蛛腳，指向小柚。

「我？」小柚一手指著自己。

「對，還有妳，妳是除了東女王之外，第二個對我不懼怕的人！」六眼說。

⑫ 我的姊姊叫小柚

「喔，你說的事，我想起來了，就是那個女孩，跟著六眼蜘蛛一起走的女孩。」猴群的首領——曼奇，閉起雙眼思考了一下。

站在牠的面前，小凱頻頻點頭。「你見過她了嗎？她是我的姊姊，她的名字叫小柚。」

小凱剛說完話，綠笛的聲音很快壓過他。

從語調裡就能聽出急切和不安。「她被六眼妖怪帶到東女王的城堡去了，對嗎？六眼妖怪有傷害她嗎？你是多久前，見過她的？」

曼奇一下子被太多問題包圍，不曉得應該先回答哪個問題。這時，一隻剛出生幾周的小猴子離開母猴，貪玩的跑到綠笛腳邊，爬到他的腿上。

「喂，到別的地方去玩！」綠笛不耐煩的揮手，想趕走牠。

小猴子嚇了一跳，跳到曼奇的懷裡。

曼奇抱住小猴子，生氣的瞪著綠笛。

將一切看在眼裡的小凱，只好抱歉的把曼奇拉到一旁，猴群在這時發出了一波騷動，吱吱叫聲像海濤一樣，拍打著礁岩，傳遞著不安。

「曼奇，我的好兄弟，請你別責怪綠笛的粗魯，因為我曉得他內心不安的壓迫，好多年了，那份想要解救我姊姊的不安，在他心裡壓抑太久了。如今，我們好不容易回到謎霧島，那份亟待獲得解決的渴望，會讓人變得急切且粗暴。」

曼奇讓小猴子爬到牠的肩膀上，點點頭，表示能體諒。

「其實我也沒親眼見到妳姊姊。」曼奇慢慢說出前一陣子聽到的消息。「謎霧島上的幾個猴群都在移動，因為那些蟻國大軍的關係，之前我的一個表弟告訴我，牠見到一個女孩騎在六眼妖怪的身上，在瀰漫著大霧的冰湖上行走，如果以時間計算，我想他們應該已經越過冰湖了。」

小凱聽了沉沉嘆了口氣。「也就是說……我姊姊可能已經被送到東女王的城堡去了。」

曼奇點點頭，牠雖然想安慰小凱，但事實就是事實，如果要解救小柚，最好動作要快。

「我想，她應該是被送到東女王的面前了，不過……」曼奇想了下，說出重點。「用另一個角度看，或許東女王會沒時間對付你的姊姊。」

「為什麼？」小凱的眼裡重燃希望。

曼奇把貪玩的小猴子抓到背上，讓牠攀在脖子上。「我相信你已經見識到那些螞蟻的可怕了。」

小凱想了一下，寸草不生的景況，就在眼前。「你是說，東女王現在可能為對付蟻國大軍，而大傷腦筋？」

「我想是的。」小猴子太頑皮了，曼奇只好把牠抓下來，困在牠的臂彎裡。

「小凱，我的好弟弟，現在我得離開了，你知道我對我的族類是有責任的。」

猴群又起了另一波騷動，吱吱叫聲絡繹不絕。

小猴子終於掙脫出曼奇的臂彎，想溜走，一隻母猴適時過來，把小猴子抱走，並且對著曼奇發出吱吱的催促呼喊。

「我知道，我能理解。」小凱上前，與曼奇深深一擁抱。

曾經，猴群也待他如同家人，尤其是曼奇的媽媽，更是把小凱當孩子一樣照顧，所以小凱能體會曼奇對猴群的責任。

「你們要保重。」退開一步後，小凱說。

曼奇點點頭。

「你也一樣。」說完話，曼奇抬頭朝著天空發出幾個急促的吱吱叫聲，猴群馬上奔跑起來，紛紛跳上往南方的樹。

曼奇也跟著奔跑起來，一下子就跳上了往南方的樹，然後卻像突然想起了什麼，停了下來，對著小凱大聲喊：

「我想，要救你的姊姊，也並不是沒有辦法，現在東女王一定為蟻國大軍的事煩惱，要解決蟻國大軍，最有效的方法就是抓住蟻后，如果用蟻后去交換，或許就能順利救出你的姊姊。」

⓭ 人質交換條件

「這個想法太瘋狂、太瘋狂了！」蜥蜴人站在石頭上，不斷用腳爪敲擊著石頭，發出不安的音調。

月色映著巨石，石頭上的倒影晃動，像張牙舞爪的妖怪。這是普羅大眾的想法，黑暗和距離讓人產生恐懼，恐懼來自於人無知的心，只要有光照進害怕黑暗的內心，智慧會在光中成長，那麼仔細的觀察，不難發現這張牙舞爪的影子，不過是來自於一隻怕事的蜥蜴。

小凱看著蜥蜴人，腦中閃過了這樣的想法。

「不，這一點也不瘋狂，而且是個可行的辦法。」綠笛站起來，擋住蜥蜴人，月光落在他的臉上，黑色的眼瞳像兩簇跳動火光，明亮中帶著堅定，但那堅定裡似乎溢著令人生畏的執著，這樣的執著會將人捲入瘋狂裡。

小凱望著綠笛，明顯感受到他的改變，尤其在回到謎霧島後。

「我也這麼認為。」小灰球飛到綠笛身旁。

一直沒開口表達意見的紅嘴，搖動肥胖屁股，在大家面前晃來晃去。「我沒意見，全聽小凱的，小凱決定怎麼做，我就怎麼做。」

大家將目光拉向小凱，但蜥蜴人先跳出來說話。「小凱，我的大恩人，我相信你是理智的，絕對不會答應什麼去抓蟻后當人質，來向東女王交換你姊姊，這樣瘋狂的行為，對吧？」

「你閉嘴！」綠笛不耐煩，一手揮向蜥蜴人。

蜥蜴人嚇得跳開，躲到了小凱的腳邊。

「綠笛，別這樣。」小凱張開雙手，攔住想要彎腰去抓蜥蜴人的綠笛。

蜥蜴人藉機抓住小凱褲管，爬到他的肩膀上，躲進脖子後的衣領下。

綠笛氣忿的瞪著小凱。「你會聽牠的話嗎？這也許是我們唯一的希望了，難道你不想救出小柚？」

小凱注意到了，當綠笛越說越激動時，緊握成拳的右手裡似乎抓著什麼東西，可能是一個微小堅硬的物體，因為握拳動作，扎進手掌肌膚裡，然後因為疼痛，那握緊的手，不得不暫時鬆開來。

然而，這一鬆手，又牽動著心裡的失落，於是手掌再度被握緊，硬物再度刺痛掌心，然後鬆手，再度握緊、又鬆手，在這樣的反覆間，心情跟著起浮震盪，情緒很難不失控。

「我當然想救出姊姊。」小凱終於看清楚了綠笛手掌裡握著的東西。是一枚小小戒指，戒面有朵酢醬草，是代表著幸運的四葉酢醬草。

「這是無庸至疑的，小凱當然會想救出小柚。」小灰球說。

「我也相信小凱。」紅嘴走到小凱身旁，「不過……就算我們想抓蟻后來和東女王交換小柚，也得有萬全的辦法，不然怎麼抓蟻后。」

小凱和小灰球都覺得紅嘴說的有道理。

「搞不好，你們還沒到達蟻后身旁，已經被那些螞蟻拆卸吃下肚。」蜥蜴人探出頭來說。

「你還說！」綠笛氣極了。

蜥蜴人趕緊把脖子又縮回到小凱的領子下。

小凱拉住綠笛，嘆了口氣說：「綠笛，別跟蜥蜴人生氣了，牠說的也不無道理。」

小灰球和紅嘴想了想，也跟著點頭。

「你有什麼想法？」綠笛皺著眉頭問小凱。

小凱在石頭上坐下來，蜥蜴人乘機從脖子後的領子爬出來，站到肩膀上。「蟻后會跟著螞蟻大軍移動嗎？」

關於這件事，沒人有正確答案。因為，在正常狀況下，不會；但，蟻國都準備攻打東女王的城堡了，這算是正常狀況嗎？

「我想會的。」大家都沒料到，開口說話的居然是蜥蜴人。

很自然，蜥蜴人再度成為目光焦點，但在所有注視的目光中，牠最討厭綠笛的。

聳聳肩，對一隻蜥蜴來說，這是個奇怪的動作。

但，蜥蜴人似乎習以為常，牠從小凱的肩膀上跳下來，站在石頭上，月光重新又回到牠身上，晒得牠身上的鱗片微微發亮。

「很久之前，我見過牠。」蜥蜴人接著說，立起兩腳，像人一樣在石頭上行走，還把前肢揹在背後。「那個時候，蟻后是不可能離開蟻巢的，你們知道為什麼嗎？」

紅嘴和小灰球搖頭。

小凱沒多說什麼。

綠笛彎腰瞪牠。「有話直說，別耍神祕！」

蜥蜴人慢慢走回來，停在綠笛面前。「因為那個時候，蟻后還沒有變巨大。」

「變巨大？」小凱露出疑惑表情。

「蟻群不是一直是這樣嗎？」綠笛直接問。

「不、不、不。」蜥蜴人得意的搖動著指爪，「真是大錯特錯，以前蟻巢裡的螞蟻，包括蟻后，就是螞蟻，一般的，我們認知裡的，很小、很小的那種。」

綠笛的雙眼直盯著蜥蜴人，表情和模樣像在說著，你說謊。

蜥蜴人嘆了一口氣，轉向小灰球和紅嘴。「你們告訴他，我有說謊嗎？」

「我還真希望牠是說謊的。」紅嘴轉了轉脖子後說。

不知道為什麼，一提起那群螞蟻，就讓牠渾身不對勁。

「那……為什麼牠們會變大？」小凱乾脆直問重點。

他和綠笛消失的這段時間，謎霧島上到底發生了什麼事。

「沒人知道為什麼。」蜥蜴人老實的說，紅嘴和小灰球證實了牠的話，「雖然我也不知道為什麼，但有個小道消息讓我更在意。」

這次，大家都安靜了下來，等著聽蜥蜴人會說出什麼消息來。

蜥蜴人輕咳了幾聲，像要說出什麼重大消息般，表情嚴肅。「聽說，蟻后在變大之後，竟然突然無法在孕育蟻群了！」

紅嘴和小灰球交頭接耳。

「你們知道，這意味著什麼嗎？」蜥蜴人的音調變得誇張。

「蟻族出現了公主，那位被培育出來的公主，將會替代蟻后。」小灰球說。

這是蟻族的習性，當蟻后不能再孕育蟻群時，工蟻們會從蟻后的蟻蛹裡培育出一位公主，這位公主將成為未來的蟻后。

「所以說，蟻后會帶著蟻國大軍攻打東女王的城堡，會不會和牠即將失去蟻后的身分有關？」綠笛思考了許久後說。

蜥蜴人學起人類彈手指，無奈牠只有爪子，彈不出聲音。

「我也這麼想。」

然後，四周又安靜下來，問題又回到原點，雖然知道蟻后可能在蟻群大軍裡，也知道牠攻打東女王的可能原因，但這對如何抓牠來和東女王談條件，交換小柚，一點幫助也沒有。

他們應該怎麼做？怎麼做，才能混入蟻群裡？怎麼做，才能抓到蟻后？怎麼做，才能向東女王表示，用蟻后換小柚？

還有，東女王會答應嗎？

當然了，還有最根本的問題，小柚是否仍然毫髮無傷？

東女王會不會……已經……

小凱搖搖頭，不敢再往下想，拒絕黑暗、不好的想法，然後他的心裡突然閃過一道光，那道光耀眼的如同最燦爛寶石，他稱這為智慧的靈感之光。

「我想，我有一個好辦法可以混入蟻群大軍了。你們猜猜，螞蟻最喜歡什麼？」

⑭ 可怕的蟻后

夜晚，當烏雲輕輕遮住月光，從冰湖吹過來的風，帶來一陣陣冷意，讓本就毫無睡意的小柚，忍不住打了幾個噴嚏，縮起身體，緊靠著六眼。

安特與她一樣，也毫無睡意，亦或是螞蟻根本就不用睡覺？小柚不知道，但寒冷還是帶來了一些幫助，至少讓她的腦袋清醒，思緒清晰。

「其實，妳可以不必去東女王的城堡。」小柚想了下，小聲的對安特說。

安特轉動眼睛看著她。「不，我一定得去，這事情關係到我蟻族的存亡！」

小柚很想讚賞牠的勇氣可嘉，但勇氣要用對地方，與其到東女王的宮殿一趟，還不如帶著她返回蟻國去見蟻后。

「之前，妳問過我，東女王的皇冠為什麼會在我的手上？」說到皇冠，小柚將它拿起來，往頭頂上一戴。

安特點點頭。

該如何說呢？一隻螞蟻對著自己點頭，望著牠的眼，那黑亮無瑕的複眼，像極了一個真誠的孩童，任誰都不忍心傷害。

小柚輕咳了一聲，挪挪屁股，接著說：「東女王答應我，如果我能讓蟻國的大軍撤退，她就會釋放我的朋友，而這頂皇冠則是個約定物，當大軍撤退後，我帶著皇冠回去見她，一手交人、一手交物。」

「原來是這樣。」安特聽了低著頭，觸鬚在空氣中顫動。

瞬間，在空氣裡飄散著一種氣味，那是一種不安的氣味，小柚聞到了，明白這應該是屬於螞蟻的特有習性，氣味能傳達出喜、怒、哀、樂，甚至是恐懼、不安、尋找到食物的喜樂，還有……包括不確定的疑惑。

「妳帶我去見妳的母后，由我出面說服牠，如果可以化干戈為玉帛，是最好的，妳擔心開戰所帶來蟻族的死傷情況，自然不會發生，而我也能如約完成和東女王的約定，帶著這頂皇冠，回去換回我的好友。」

小柚想著，這應該算得上是三贏的方法，雖然她還得想想，用什麼方法來說服蟻后，但只要肯動腦筋，拿出勇氣，她相信在見到蟻后時，一定能想出好辦法。

安特的觸鬚仍在空氣中顫動，不安的氛圍絲毫沒有減輕。

「不！」

「不？」小柚懷疑的看著牠，只差沒問出，為什麼？

「不可能的。」安特慢慢說，語調裡充滿了悲傷。「我的母后是不可能被妳說服的！」

「為什麼？」來到謎霧島之後，讓小柚學習到不放棄希望，就像從前她一直以為弟弟小凱已經死亡了，但事實呢？小凱只是失蹤而已，後來她還找到他，並且讓他回到正常生活。

所以，不管任何事，在沒努力過就放棄，是最愚蠢的行為，也是不負責任的行為。

「因為我聽到牠的計畫。」安特站起來，離開小柚身邊，獨自站在寒風中，牠的背影看起來是那樣孤寂，連小柚都感到心疼。

緩緩的，牠說出了離開蟻群前聽到的所有話。

「我的母后，牠打算犧牲所有的蟻群，就算一個都不剩也沒關係，只要能打敗東女王，因此……」安特的話在這裡停住。

小柚感覺到牠深吸了一口氣，一隻螞蟻，在做吸氣的深呼吸動作。說來，有點奇怪，在但謎霧島上，什麼奇怪的事，都該見怪不怪。

安特轉過來，看著小柚，那黑亮無瑕的複眼裡，仍然閃動著真誠。

「我的母后打算用賀卡卡山上大湖的水，淹沒東女王的城堡！」

「咦？什麼！妳說……」太過驚訝了，小柚的嘴形從疑惑轉為驚訝，再由驚訝變成無法置信的圓形。

雖然她不知道什麼是賀卡卡山，但用大湖裡的水淹沒城堡，那就和颱風天河水暴漲淹沒房子沒兩樣，會有生命危險的。

「但是，牠不是派軍隊去攻打東女王嗎？」小柚想想，緊追著問。「如果賀卡卡山的大湖潰堤了，也會淹死妳們的蟻國大軍，不是嗎？」

安特沉默著，那黑亮的眼裡有濃濃哀傷。

六眼的聲音，突然傳過來。「所以，牠才說，牠的母后打算犧牲所有的蟻群，真是可怕惡毒的蟻后訝！」

安特看著六眼站起來，無言以對。

「這就是妳打算越過冰湖去見東女王的原因嗎？」小柚問安特。

安特轉動觸鬚，點了點頭。

小柚皺著眉，手指輕輕敲了幾下腦袋，然後轉頭看著六眼，很快就有了決定。

「我還是要去見妳的母后。」

安特不解的看著她。

小柚的表情堅定。「正因為牠要做這樣的事，妳不覺得，我更應該去阻止牠嗎？」

安特被她堅定的表情感動。「但，牠……一定不可能聽妳的話。」

「無所謂。」小柚說著，沒人可以改變她的心意。

「但是……」安特猶豫著。

「跟我一起去見牠。」小柚往前走，走到安特身旁。「是錯的事，就該有人告訴牠，牠這樣做，錯到天邊去了！」

安特轉動觸鬚，許久後，鼓起了內心所有的勇氣。「好吧，我和妳一起去，如果沒錯，我的母后現在應該在賀卡卡山上。」

「賀卡卡山。」小柚喃喃，跟著複誦了一遍。

15 賀卡卡山上的大湖

「所以說，賀卡卡山的位置是在謎霧島的北邊？」坐在六眼的背上，小柚已習慣六眼趕路時跳躍的動作。

但，安特就不一樣了，畢竟牠是一隻螞蟻，本來螞蟻坐在蜘蛛的背上就已經夠奇怪了，尤其每當大蜘蛛從一棵樹跳向另一棵樹時，螞蟻啊啊的尖叫聲，更讓人感到怪異。

清晨，起霧的樹林，一隻蜘蛛背上背著一個人類女孩和一隻瘋狂尖叫的螞蟻，這樣的畫面，能不怪異嗎？

「是的，傳說中，創造了謎霧島上最高的賀卡卡山的人，就是咒術師。」六眼又是幾個跳躍，從一棵衫樹上緩緩降下。

C.H.Liao
2016

這時，安特也終於停止尖叫。

小柚發現，牠像鬆了口氣一樣，如履平地的安心，說的大概就是這樣的感覺。

「咒術師？」小柚看著六眼，這已經是六眼第二次提到這個神祕的人物。

「是個可怕的人。」六眼強調。

小柚心想，比你可怕嗎？

但，轉了一個念頭，如果六眼被稱為是謎霧島的妖怪，一個連妖怪都害怕的人，應該是可怕的吧？

「關於那個咒師，我也聽過一些傳說。」或許是終於調整好情緒了，安特接了話。

「什麼樣的傳說？」小柚見六眼沒應答，顯然是對這話題沒興趣，但她有，於是急著問。

安特先強調，關於這些傳說，也是聽來的，然後接著說：「聽說，東女王也是咒師創造出來的。」

「咦？」小柚嘴裡先發出小小疑問聲，然後視線轉向六眼。「創造出來的意思是說……」

如果六眼的老闆是東女王，那東女王的老闆就是……咒術師！

難怪，從六眼的口中，可聽出對那位咒師的害怕和不滿，但始終無任何反抗的念頭，因為咒師是老闆的老闆，就是大老闆的意思。

「別說那麼多了，賀卡卡山就在前方了。」六眼打斷了小柚和安特的談話，或許是提到咒術師，確實讓牠感到內心極度不舒服。

小柚和安特順著六眼指的方向看，果然前面樹林後就是一座高聳的山，山頂上搭著雲霧，朦朦朧朧，看不出山真正的高度。不過，眼前的樹林看起來卻有點怪異。

小柚就是覺得不對勁，但說不出問題到底出在哪裡。

是安特先看出來，或許出於牠是螞蟻的直覺，天生的嗅覺高手。

「牠們在這裡。」安特說。

「牠們？」小柚問，從六眼背上跳下來。

安特也一樣。

六眼則以動作反應，先發覺了空氣中的不對勁，趕緊往樹上爬。

「母后的親衛軍在這附近。」安特站在最前方，以兩隻後腳直立起身體，中腳和前腳在空氣中比畫，觸鬚像感應的雷達一樣，頻頻顫抖。

小柚也發現了，前方樹林的樹木並不是完整的，有一條稍微彎曲的線，直直切開了這座林蔭，那條線上的樹木全都消失了，地上常年生長翠綠的草也消失了，那條線只剩灰褐色的泥巴，還有泥巴裡掩蓋不了的大小石頭，就這樣一路延伸，往被稱為賀卡卡的山上去。

「這是怎麼回事？」小柚的話剛問完，頭腦裡還轉著為什麼這條彎曲路上的草木都消失了，突然間有股氣味從周圍瀰漫了過來。

六眼的嗅覺比較靈敏，只來得及喊了聲糟糕，逃命似的再往上爬，樹林裡一下子衝出了許多的螞蟻，每隻都長得十分高大，密密麻麻地，一下子就團團圍住了小柚和安特。

帶頭的螞蟻說：「安特公主，失禮了，蟻后猜妳一定會違抗命令，偷偷的跑來，所以要我們在這裡等著，然後帶著妳，到賀卡卡山上的大湖邊去見牠！」

16 蜥蜴人與獨臂

趁著黑夜的籠罩和清晨伸手不見五指的濃霧，蜥蜴人跑得氣喘吁吁，逃命似的一路狂奔，牠得往南逃，最好是能逃到謎霧島像鯨魚腹鰭的南方，遠離這場即將發生的災難，蟻后率領的蟻國大軍和東女王的戰爭。

還有，那幾個瘋狂了，癡心妄想著，能從東女王手裡救出親人的傻子。

「什麼好計畫？我看，百分之百是傻了的瘋狂自殺行為。」在一棵冷杉前，蜥蜴人暫停下來，氣喘吁吁。

邊喘著氣，嘴裡不忘數落幾句。

不能認清事實狀況，一味往理想裡鑽的人，絕對百分之百是個可怕的笨蛋。

蜥蜴人的腦袋裡才剛閃過這句話，一陣風突然朝牠颳過來，眼前的濃霧散開了一些，蜥蜴人連喘氣的機會都來不及，一隻長腳突然出現在牠的眼前，下一秒，一把大刀落在蜥蜴人的頭頂上。

「救、救……救命呀！」蜥蜴人跪了下來，前肢和後腳抖個不停。

「說，你在這裡幹什麼？」霧又散開了一些，現在終於能完全看清楚，原來架在蜥蜴人頭頂上的不是什麼大刀，而是一把大鐮刀，謎霧島上三大妖怪之一，大螳螂獨臂的大鐮刀。

蜥蜴人抬起頭，一見到獨臂，嚇得趕緊又縮回地上。

「偉大的獨臂大人呀，請你放過我，我、我……」蜥蜴人想了很久，該說些什麼，用什麼理由和藉口，才能逃出獨臂的鐮刀，死裡逃生。「我是看到了那些蟻族的大軍，那大逆不道的蟻后，居然敢發動軍隊，想對付東女王。」

獨臂的刀在蜥蜴人的頭頂上動了動。「聽你這麼說，你知道蟻后在哪裡嗎？」

「這個、這個……」蜥蜴人哪知道，但為了活命，只好隨便編個話。

C.H. Lin
2016

螞蟻大軍既然在這附近，蟻后當然應該在這附近。

「我當然知道蟻后在哪兒。」蜥蜴人伸出細細的爪子，慢慢把架在頭上的鐮刀，挪到一旁。「偉大的獨臂大人呀，小的很樂意為您服務，替你帶路。」

獨臂並沒說話，只是輕輕的把帶著刀的前肢，收起來。

「你應該知道，欺騙我，會有什麼後果！」

蜥蜴人從地上爬起來，對著獨臂深深行了一個鞠躬禮。「小的就算跟天借膽，也不敢欺騙獨臂大人您。」

獨臂輕輕哼了一聲。

蜥蜴人趕緊接著說：「只是不知道獨臂大人您，為什麼要找蟻后？」

獨臂輕輕揮了一下手上的大鐮刀。「你只管帶我去找蟻后，如果想活命，最好別問那麼多。」

蜥蜴人愣了一下，趕快陪笑臉。「是的、是的，獨臂大人，小的知道，你就跟著我走吧！」

蜥蜴人在心裡嘆了長長一口氣，沒想到才離開了那群想闖入蟻群去挾持蟻后的瘋子，就馬上掉入了可怕的獨臂手裡，牠真是流年不利呀！

不過……這個可怕的獨臂螳螂居然需要牠帶路，就表示並不知道蟻后在哪裡！也就是說……就算牠繞路，故意往別的方向走，有極大的可能，獨臂螳螂也不會知道！

對，這真是個好辦法！

17 三個銅鈴

上賀卡卡山的路還算順利，也沒有想像中的陡峭，尤其是順著被移除過的路徑行走，灰撲撲的泥地上，除了偶有的大石之外，連雜草都被啃蝕殆盡。

中午不到，太陽還沒升到正上空，小柚和安特已被帶到山上，山上果然有個大湖，湖邊瀰漫著一層霧，本來圍繞著湖水生長的樹木，現在只剩下一個個窟窿大小的泥洞，連深埋在地底下的根部，都被清除，湖畔的雜草野花就更不用說，早已半點不剩，湖水拍打著岸邊的泥土和石頭，一聲聲，像在抗議一樣，只是聽的到聲音，卻見不到洶湧撒野的模樣。

小柚想，等到霧完全退盡的時候，湖水應該也會哭泣吧！

她和安特被一群兵蟻推著走，延著湖岸來到湖的至高點，那是一處高聳的土丘，整個賀卡卡山上只剩這裡有叢綠色的野草點綴，草叢的中間留著一棵樹，樹葉迎風飄蕩，隨著霧慢慢散去，葉子在微光中一閃一閃，有個身影就站在那一閃一閃的微光中。

帶頭的兵蟻慢慢走上前，在那身影前跪下來，行了大禮。

「偉大的陛下，我們找到安特公主了，還帶回一個奇怪的人類女孩，看起來像個間諜，我們想，可能是她慫恿安特公主，公主才會離開大家。」

小柚努力的聽著那兵蟻的話，每個字、每個句子，從來到謎霧島後，她已經不再感到驚訝，對於能聽懂人類以外的語言。

只是，現在那個帶頭兵蟻的話，真令人感到生氣，首先她是個人類女孩沒錯，但哪裡奇怪了？另外，她哪兒看起來像間諜了？還有，她才沒慫恿安特離家出走！

每個原因，都成了小柚想抗議的理由，她得往前站幾步，大聲把心裡的不滿說出來，但沒來得及往前站，更來不及開口，那個站在一閃一閃微光中的身影，已經轉過來。

牠沐浴在光線下，微弱的陽光襯在背後，給人一種不怒而威的感覺，很自然讓人會行起卑微的大禮。當然了，小柚沒有這麼做，只是仔仔細細的觀察，打量著眼前尊貴高傲的蟻后。

牠是安特的母親。

安特的母親！

天啊！當腦袋裡這麼想，小柚的眼睛終於也適應了在背光中，能把影像看清楚，安特的媽媽，也就是蟻后，足足比安特高出了半個身體。

牠……是螞蟻中的巨人嗎！

但，除了這樣之外，牠的模樣就是螞蟻，對小柚來說，並無不同，前肢、中肢、後肢，尾部的螯針、中胸背板、前胸背板，觸鬚、複眼、有力的上顎、唇基，和所有螞蟻，長得一模一樣，若真要說有哪裡不同，她想就是複眼旁一點一點的斑紅。

「三個銅鈴，都準備好了嗎？」蟻后倒是沒急著處理小柚和安特的事，而是轉問了另一件事。

小柚也聽到了，三個銅鈴是什麼東西呢？

很顯然的，安特也聽到了。

「都準備好了。」所以，當兵蟻這麼回答時，安特突然激動了起來。

「母后，妳不能這樣做，妳明知道這樣做，同樣會為我們蟻族帶來多大的傷害！」

「妳，閉嘴！」安特的話，激怒了蟻后，尊貴的模樣瞬間消失，仇恨的痛苦吞噬著牠，讓牠變得猙獰。「要不是看在妳是我的繼承者，我早讓人結束掉妳的生命。」

安特想，這是關鍵所在。

東女王皇冠上的那顆寶石改變了母后的命運，安特也因此而誕生，母親就快失去蟻后的身分了，這樣的仇恨讓牠發起大軍，放手一搏，不惜犧牲所有蟻族的生命，只為向東女王復仇。

「我不怕！」安特往前站了幾步，有些話不說，遲了會後悔的。「母后，妳放棄吧，別敲響銅鈴，妳會害死所有蟻族，冰湖的水溶了，再加上大湖的水，會把一切都淹沒的！」

小柚一聽，瞪大了眼，不妙兩個字，在她的腦袋裡快速膨脹，壓的她的心臟怦怦加速狂跳。

什麼銅鈴響，會讓冰湖的水溶化？還有……眼前的這個湖水！

「我叫妳閉嘴，妳聽到了沒！」蟻后發狂似的大吼，激動衝到安特身邊，如果牠是人類，小柚想，牠一定會出手掐死安特。

「喂、喂、喂，妳別激動，妳怎麼可以這樣對待自己的女兒，雖然妳是一隻螞蟻，但女兒還是女兒，對吧！妳要冷靜呀！冷靜！」

小柚從來沒想過，自己可以吼得像打雷一樣。還有，經過了許多年後，她仍然沒明白，為什麼會突然把東女王的皇冠拿出來，往頭頂上一戴。

她真的不明白。

不過，有件事是要感謝的，六眼沒被這群兵蟻一起抓過來。

⑱被杉木覆蓋的石頭屋

「你看吧，我就說那隻蜥蜴不能相信，現在不知跑哪去了，搞不好是去螞蟻窩通風報信了，也說不定！」

站在漸散的大霧裡，綠笛氣急敗壞的大聲咆哮。

小灰球害怕他的吼聲會引來蟻群。「我想應該不會，蜥蜴人逃命都來不及了，怎麼可能會深入敵營！」

「敵營？」綠笛哼了一聲，「我看哪邊是敵人？哪邊是友軍？對那隻蜥蜴來說，都還不見得！」

小灰球無話可說，想想蜥蜴人的性格，確實是如此，之前大家還被牠害得很慘。

「我、我……我想應該不至於。」很難得，紅嘴居然跳出來幫蜥蜴人說話。這次不一樣，牠們倆算有患難情感，當蟻群大軍追著牠們跑的時候，要不是蜥蜴人和牠合力突圍，牠們早成了那些螞蟻的點心。

「我很意外耶！」綠笛瞪著紅嘴，用一種不認識的眼光。「你居然幫那隻蜥蜴說話，你忘了牠之前是如何陷害我們的？」

因為蜥蜴人結合了黑鼠公公、白鼠婆婆和大蜘蛛六眼，小柚才需要犧牲自己，解救大家。

綠笛怎麼也無法忘記，就算回到了正常世界，過了許多年，這件事都像一顆千百斤重的石頭，時時刻刻壓在他的心裡，讓他喘不過氣來。

「這個、這個……」紅嘴很會跟人鬥嘴，但現在居然找不出一點話反駁，只好轉向小凱求救。

小凱明白綠笛心裡的焦慮，回到正常世界後，他們一起等待了多年，每過一年，對他們來說就是加重一分的煎熬，這幾年綠笛自責的壓力越發嚴重，畢竟小柚是為了救他，犧牲自己成為東女王的禮物，讓六眼把她送往東女王的城堡。

小凱走過來，拍拍綠笛的肩膀。

綠笛抬頭與他對視，下巴線條繃得很緊。

小凱說：「我想，不管蜥蜴人會不會投靠螞蟻大軍，我們都不會放棄救出我姊姊——小柚。」

綠笛點頭，很直接，表示了內心的堅定。

小灰球拍了拍翅膀。「這是當然的！」

「上一次她救過我，這次怎麼說，我也不會見死不救。」紅嘴抬高長長脖子，挺起鵝胸膛。

「很好。」小凱拍拍紅嘴的頭，轉向綠笛。「所以，不管怎麼說，不管蜥蜴人會搞出什麼情況，我們都得照著計畫進行。」

綠笛、小灰球、紅嘴一起點頭。

小凱掏出口袋裡的那盒巧克力棒。「希望這個能為我們帶來幫助。」

看著巧克力棒，紅嘴閉眼想著曾經嘗過的滋味。「我想沒問題的，只要夠甜，一定能引來一些螞蟻。」

綠笛和小灰球也這麼認為，尤其綠笛，他嘗過巧克力棒的滋味，絕對能把螞蟻吸引過來。

「我們應該從哪裡下手？」綠笛的雙眼盯著遠方，企圖找出一個適合放置巧克力棒的地方。

小凱也一樣，雙眼搜尋了一陣之後，停在十數步外的某個點上，那個點看起來有點雜亂，若瞇起眼來仔細觀察，會看出好像有許多木材堆疊在一起。

「那裡，你們覺得怎樣？」小凱用手指向成堆的木材。

綠笛順著方向看，小灰球和紅嘴則耗去一點時間，才找到那堆木材。

「應該不錯。」綠笛先開口，然後率先跨出步伐，朝木材堆走去。

小凱緊跟在後。

小灰球和紅嘴小心翼翼，不忘提醒。「我們別忘了還在螞蟻軍團的勢力範圍內，小心為上，別被發現。」

小凱點點頭，也這麼認為，然後加快腳步，跑向綠笛。當小凱一手輕搭上綠笛的肩膀時，綠笛也表示明白，揮揮手，要小灰球和紅嘴動作快。

接下來的行動就在彼此的默契中行進，小灰球負責觀察有無螞蟻的行蹤，綠笛帶頭，小凱和紅嘴緊跟在後，很快木材堆已近在眼前。

「原來是一堆杉木。」綠笛在木材堆旁蹲下，發現木材上全是被啃咬過的痕跡。

「是螞蟻做的。」紅嘴緊盯著那些咬痕。

消失的樹木，原來絕大部分被啃咬成這樣一段一段的木材，在這附近疊成了一堆一堆。

「螞蟻大軍把木頭堆成這樣，到底是要做什麼？」小凱的問題剛出口，小灰球馬上就傳來了被當成危險暗號的鳥叫聲。

綠笛和小凱同時轉頭，看到一群螞蟻在遠處移動，似乎是朝著他們的方向而來。

「怎麼辦？怎麼辦？」紅嘴慌了手腳。

小凱很快發現了異狀。「你們看，這堆杉木下，好像……」

好像覆蓋著石頭！

小凱的話來不及說完，綠笛已發現了杉木下的祕密。「好像有個石頭屋，快、我們躲進去！」

移動中的蟻群已漸漸變近，小凱、綠笛、紅嘴和小灰球只好趕快往杉木下的石頭屋裡躲。

剛躲好，蟻群已來到杉木堆旁。

小凱、綠笛、紅嘴和小灰球不敢出聲，全屏住呼吸，但因為眼睛已適應了石頭屋裡的黑暗，小凱也發現了石頭屋裡，堆在角落的幾個陶罐。

綠笛也發現了，大步來到陶罐旁，打開陶罐，陶罐裡裝著看起來像白沙一樣的東西。

「是鹽巴嗎？」紅嘴靠近。

「不。」綠笛抓起一把，靠近鼻子嗅聞一下。「是糖，白色的砂糖！」

19 鼓聲響起

「雖然妳是一隻螞蟻，但女兒還是女兒，對吧！妳要冷靜呀！冷靜！」沒人知道，到底是因為吼聲，還是頭上的皇冠，小柚順利的吸引住蟻后的目光。

或許，不只是蟻后，還有在場的所有兵蟻。

「東、東……東女王！」

不知是誰喊出了這樣的聲音，蟻群們除了安特之外，全都快速的往後退，蟻后也一樣，而且那些負責保護蟻后安全的兵蟻，謹慎細心的圍起了安全的防衛線，將小柚遠遠隔離在外。

「不是的、她……」安特發現大家誤會了，就像自己第一次見到小柚頭上的皇冠，誤以為她是東女王。

「沒關係的。」小柚拉住安特，有些時候不解釋，反而可以得到意想不到的結果。「讓我好好跟妳的母親談談。」

安特失望的往後退開，站到小柚背後。

母后和兵蟻們的態度太失禮了。

「偉大的蟻后呀。」小柚慢慢往前站一步，螞蟻們馬上害怕的往後退，並且小心翼翼的保護住蟻后。「請妳聽我說，妳不該這樣對待妳的女兒，一個在未來，即將成為妳的接班人，下一任的蟻后。」

兵蟻已經團團圍住著蟻后保護，但仍然可以聽到蟻群中心，蟻后氣呼呼的說話聲。「什麼下一任，我都還沒準備卸任，哪來接班人！」

小柚轉頭看著安特，見到牠觸鬚因為傷心而低垂。

「這麼說……妳也並不在乎妳的子民的死活，一意孤行的發動爭戰，只為了妳個人的喜怒，是這樣嗎？」小柚又往前走了幾步，安特已經不再前進，傷心將牠包圍，牠陷在心痛的愁雲慘霧裡。

空氣裡安靜了幾秒，蟻后似乎是有所顧慮，遲遲沒開口。然而，不管顧慮的原因是什麼，終究沒能阻止牠心裡的怨憤。

「妳對我說這些話，不過是想我別去攻打妳的城堡，妳的心裡害怕，對吧？」

隨著話說完，蟻后得意的冷笑聲也取代了安靜下來的空氣。

小柚覺得越來越討厭蟻后，牠不僅驕傲、自私、而且任性，任性……沒錯，就是任性，在這點上，蟻后和某個人還真是百分之百的相似。

「如果，我告訴妳，我一點也不怕，妳信嗎？」反正，牠們要去攻打的是東女王的城堡，關她什麼事？

腦海裡才閃過這個念頭，小柚馬上就後悔了。

不行，她重要的朋友——饅頭，還被東女王囚禁在城堡裡，如果她無法阻止這場戰爭，那麼饅頭的下場只有一個，被東女王蒸熟了，吃掉！

「妳當然不信，對吧！」搖搖頭，小柚接著說。「但，妳憑什麼認為，一定會贏這場戰爭？」

蟻后又安靜了許久。

安特好像突然醒過來，為了大部分蟻族的性命，牠鼓起勇氣戰勝了傷心。

「母后，別這樣，妳會讓我們蟻族大部分的子民失去性命！」

「住嘴！」蟻后大聲怒吼，或許是心慌，也或許是因為打從心裡知道自己做的是為一己私心的報復行為。

「不！」安特堅定的上前，牠越過了小柚，大步往前走，很快逼近兵蟻，「我不會聽妳的了，如果和解救所有的蟻族性命比起來，聽話當個乖乖的公主，已經是微不足道，一點也不重要的事了！」

蟻后聽了，氣得推開團團圍住牠保護的兵蟻，大步上前，直接來到安特面前，母女倆面對面。

「妳怎能對我說出這樣大逆不道的話！」

安特抬頭挺胸。「和解救所有蟻族的性命比起來，這根本是微不足道的事！」

「我還沒把蟻后的王位交給妳！」蟻后怒氣沖沖的說。

安特仍然不願意退縮。「我從沒想過要當蟻后，這個王位我從來都沒想要，如果妳眷戀的只是這個位子，那麼我可以告訴妳，我放棄，我會離開，只要妳答應別讓戰爭發生，別讓那麼多蟻族的子民犧牲性命，我隨時都能離開！」

「哼！」蟻后愣住了，因為安特的氣魄，但隨著反應過來，牠冷冷哼了一聲，接著說：「別口口聲聲說為蟻族子民的性命，牠們的存在本就是為了我們而犧牲，這個道理，總有一天，妳會明白的！」

「不是的。」安特反駁，心裡的怒氣蒸蒸而上。「每個生命都是寶貴的，不該是為了某些、或某個特定的人而犧牲。」

小柚靜靜觀察，不由得開始佩服起安特，在不久的將來，牠一定能成為一個了不起的蟻后，而那些圍繞著蟻后的兵蟻們似乎也發現了，從抖動的觸鬚，和肢體的動作，可發現牠們慢慢朝安特靠攏。

「你、你們！」蟻后當然也發現了。

「母后，請放棄妳復仇的心吧！」安特跪下來，其他兵蟻們也跟著跪下。

蟻后扭曲著表情，氣炸了，然後隨著咚咚咚震天的聲音響起，蟻后哈哈大笑了起來。

「來不及了，鼓聲已經響起了，戰爭開始了，現在就算我想阻止，也已經來不及了！」

是的，確實是來不及了！

一隻蜘蛛突然從天而降，轟隆一聲，大地震盪，柱子般粗壯的腳直接壓向蟻后，一切確實已經來不及了！

20 蟻國大軍

「快、快、動作快一點，我的天啊！那是什麼？」

躲在石頭屋裡，大白鵝——紅嘴，透過石頭和石頭堆疊的縫隙，還有石頭屋外杉木的縫隙，看見了外面黑鴉鴉一大片、滿坑滿谷全是螞蟻，如果眼睛能見到地平線的那端，那麼螞蟻就一直延伸到地平線旁，是巨大的螞蟻，身上如穿著厚重的鎧甲，又黑又亮的鎧甲，長長觸鬚，在空氣中抖動，有力的下顎，喀嚓、喀嚓的顫動著，彷彿能吞噬掉天底下所有的東西。

「糟了！蟻國大軍全集結過來了！」小灰球擠到紅嘴身旁，身上皮毛不由自主的跳起了害怕的顫慄。

「怎麼辦？」綠笛繃緊了臉，抬頭望著小凱。

小凱蹲下來，小心謹慎的擠到小灰球身旁。

透過石頭和石頭的縫隙往外看，杉木上不知何時已搭著一層淡淡的水氣，蟻群震天的移動聲，像滾動的巨石在石頭屋外回響，不知是煙塵還是起霧，籠罩的極為迅速，一眨眼，石頭屋外移動的巨蟻兵團已不見蹤影，只能仰賴耳朵傾聽震天的移動聲，但這樣卻讓恐怖的壓迫感更濃，好像一群可怕的巨獸在塵霧中移動，也像霧裡隱藏著想像中最恐怖的妖魔鬼怪，一不小心，那些鬼怪會從霧裡突然出現，把人拖進濃霧裡，一口一口慢慢的吞噬。

「是起霧嗎？」小凱告訴自己，必須戰勝心裡的恐懼。只要勇氣一退縮，害怕就會像石頭屋外那些漫天籠罩的濃霧，讓人再也找不到自己。

「我想，應該是霧。」紅嘴轉頭說話的剎那，好像見到霧裡有雙發亮的眼睛，緊盯著牠看。

不由得牠全身又打起一陣寒顫，羽毛喀喀作響。

「那……現在怎麼辦？」綠笛和小灰球齊聲問。

小凱想了想，沒急著回答，而是問：「照著蟻國大軍行進的方向，會往哪去呢？」

紅嘴拍動翅膀，抖掉羽毛上的冷顫。

「冰湖！」當紅嘴搶著回答時，小灰球似乎也想到了什麼，異口同聲的說。

「冰湖……」綠笛站起來，離開石牆邊，彎著腰在石頭屋裡踱步，然後停下腳步，眼神和小凱的交會。「牠們打算越過冰湖！」

雖然這是通往東女王城堡的近路，但無疑是個自殺的行為。

冰湖上雖然結著一層厚厚的冰，但奇冷無比，要徒步越過是有難度，何況如果有萬一，萬一冰湖溶解了，那麼所有的蟻軍將沉入湖裡，葬身在冰湖底下。

「越靠近冰湖，霧會越濃嗎？」小凱選了一個角落坐下。

「這個……以目前的情況，可能是這樣沒錯。」紅嘴和小灰球離開石牆，回到小凱身旁。

綠笛也走過來，在小凱身邊找了位子坐下來。「聽你的話，好像你已經想到辦法了？」

小凱先看著綠笛，然後對著大家點點頭。「我們照著計畫進行，既然霧那麼大，或許是我們混入蟻群大軍最好的機會。」

「可是……」紅嘴忍不住又打了一個冷顫。「螞蟻們的嗅覺好的嚇人，就算在濃霧裡看不見，牠們的嗅覺可沒休息！」

「紅嘴說的有道理。」綠笛附和。

小灰球點頭，牠也這麼認為，風險太大、危險性太高了。

「我知道。」小凱站起來，黑暗的石頭屋裡漆黑一片，但卻可以見到他熠熠發亮的雙眼。「所以，在這時候，那些東西就派上用場了。」

他的一手指向那些裝著白砂糖的陶罐子。

隨著小凱的手，在黑暗中，大家把目光投向那些陶罐子。

「螞蟻們會需要糧食的！」小凱說。

大家一個勁的點頭，但心裡難免還有疑慮，就算螞蟻們把糖搬走，難道大家要躲在那些陶罐裡嗎？

不，恐怕只有小灰球能做到，因為貓咪天生就是瑜伽高手，而紅嘴、綠笛和小凱，恐怕就……

「趁著霧濃，我們趕快準備吧，先把糖撒在石頭屋附近，然後在螞蟻搬走糖的時候，我們也在身上抹上糖，混入這些工蟻中，再跟隨著螞蟻大軍前進。」小凱說出了他的打算。

這次大家都覺得可行，很快動作起來，先搬了幾個陶罐的糖到石頭屋外，然後留了一罐備用，撒一部分的糖在石頭屋附近，接著躲到距離石頭屋大約十公尺左右的大石頭後，靜靜等待。

沒多久，果然看到了幾隻螞蟻靠近杉木堆，很快發現石頭屋裡的糖，牠們找來了更多螞蟻，用有力的下顎，從石頭屋裡搬出那些陶罐，並且迅速的把撒落在石頭屋外的糖也搬走。

小凱、綠笛、紅嘴和小灰球見機不可失，離開了藏身的大石頭，混入這些巨大的工蟻群裡，沒多久，又混入了螞蟻大軍裡，隨著蟻群往冰湖的方向前進。

「看來，我們的計畫奏效了。」紅嘴得意的說。

「噓！」小灰球要牠安靜，別得意忘形。

那噓聲剛發出，突然震天的鼓聲就咚咚響起，震得人心臟跟著跳躍，七上八下的靜不下來，心神緊繃起來。

然後，鼓聲停了。

突然響起了一陣銅鈴聲，那聲音極度刺耳，迴盪在空氣裡，嗡嗡的響著，久久飄散不去。

小凱、綠笛、小灰球和紅嘴，覺得頭快爆裂開了，只能緊緊的摀住耳朵，期待銅鈴聲趕快消失。

21 快跑

「這一切都怪妳，是妳逼我這麼做的，東女王！」哪怕身體被蜘蛛的腳束縛住，隨身保護的兵蟻們已經轉而擁護安特公主，蟻后仍然不改趾高氣昂的指責態度。

「東女王！在哪裡？」沒聽到之前對話的六眼，一聽到東女王，馬上緊張起來，八個眼珠子東張西望。

「你這隻蜘蛛妖，是瞎了眼了嗎？居然看不見你的主人，就在面前！」蟻后怒氣沖沖的掙扎著。

六眼這才反應過來，低頭看了看戴著皇冠的小柚。「喔，原來妳是說她呀，妳以為她是……」

C.H.Liao
2016

「她不是東女王！」安特接了六眼的話。

小柚站上前，把頭上的皇冠拿下來。「是的，我不是東女王。但，我能答應妳，現在只要妳願意放棄爭戰，招回大軍，妳可以平安的帶著妳的子民，返回妳的巢穴。」

「哼，巢穴……」蟻后不屑的哼笑。「蟻巢早就消失不見了，哪來的巢穴？」從蟻群的身體開始變得巨大後，謎霧島上早已很難找到牠們容身之地了。

「妳可以建立新的巢穴。」小柚堅定的說。

蟻后嗤之以鼻的大笑。「小女孩，聽妳這麼說，妳根本一點都不了解謎霧島。在這個島上，是東女王說了算，現在東女王醒了，妳覺得我還能有什麼選擇嗎？」

「我……」小柚想說，或許我可以說服她，但覺得自己被看低了，她已經是個高二生了，不是什麼小女孩，是個大人了！

「來不及了！」蟻后收起笑容，恢復冷漠表情。「早在我決定出軍隊攻打東女王的那一刻，已經是抱著魚死網破的準備，妳們剛剛也都聽到鼓聲了吧？」

「那又怎樣？」小柚感覺心突然抽緊，因為蟻后冷漠的表情，不安像一張網，在她的心裡張開，籠罩一切，鋪天蓋地。「只要妳發出命令，軍隊仍然是聽妳的，不是嗎？」

蟻后聽了，呵呵笑了起來，那笑聲裡隱含著太多的喻意，令人毛骨悚然。

然後，笑聲停了。

噹、噹、噹，刺耳的銅鈴聲突然響起，音波響徹雲霄，尖銳得幾乎要刺穿所有人的耳膜，讓人忍不住抬手，緊緊摀住耳朵。

「這就是我說的，來不及了！」蟻后的笑聲跟著變得尖銳。

大地突然震動了起來，隨著刺耳的銅鈴聲，賀卡卡山像一個從沉睡中甦醒過來的巨人一樣，晃動了起來，頃刻間天崩地裂，山上的湖水洶湧得如狂風暴雨中翻騰的大海，水花嘩啦嘩啦的溢流出來，地突然裂開來。

來。

「大家快逃，快逃呀，山要崩了！」兵蟻慌張的大喊，迅速後退逃命。

「快、快到我背上來，不然就來不及了！」六眼放開蟻后，在小柚面前蹲下來。

小柚趕緊爬到六眼的背上，低頭一看，安特正朝著蟻后伸出兩對前腳和中腳。

「母后，快，抓住我的腳！」安特大喊。

然而蟻后卻一派安然，在滾滾塵煙中輕輕搖頭，絕然的神情中有著母親對一個女兒的期待和憐愛。

「去吧，妳趕快逃命去吧，如果計畫能照著我的預想進行，如果謎霧島不再屬於東女王，那麼妳將能重建屬於妳自己的蟻國，妳會孕育屬於妳的子民！」

蟻后說完話，朝著洶湧的湖水走去。

安特在牠的背後大喊，但那背影是絕然的。

小柚見再不走，就來不及了，對著安特大喊。

「安特，快走呀，妳肩上還背負著照顧妳蟻國子民的責任，妳得阻止這場戰爭，再不走，就來不及了！」

呼喊聲，突然地喚醒了安特，牠朝著蟻后的背影又看了一次，然後爬上六眼的背，六眼風一樣的跳躍，一路往山下跳。

㉒ 埋在冰湖底下的祕密

轟隆、轟隆、轟隆隆。

當隆隆如天快崩塌下來的聲音響起，蜥蜴人很慶幸自己是坐在螳螂──獨臂的身上，正飛過一片死寂般的荒蕪，往賀卡卡山的方向飛行。也因為這樣，牠們見到了可怕的煙塵，從賀卡卡山的山頂飄起，好像急於和籠罩天地的霧爭天下，漫無止境的覆蓋，融入大霧裡。

「發生了什麼事？」蜥蜴人顫抖著說，心裡慶幸，還好自己不是站在地上，否則那天崩地裂的震動一定會讓牠害怕的手足無措。

獨臂振動著翅膀，全身僵硬。

賀卡卡山頂上的煙塵讓牠想起了某件事，那是遙遠的記憶，一段牠還在幼年時期，聽到的事。

牠的母親總是這樣唱著一首歌：

賀卡卡山上有什麼？有個偉大的咒師，咒師、咒師有三個銅鈴，一個銅鈴藏山頂、一個銅鈴在湖底、另一個銅鈴魚眼裡，銅鈴、銅鈴，噹、噹、噹，祕密都在冰湖裡。

「糟了！」獨臂急轉方向，往煙塵瀰漫的賀卡卡山上飛。

「喂、獨臂大人呀，你要找的蟻后，並不在那個方向！」發現了獨臂的意圖，蜥蜴人急忙忙的喊。

「現在，蟻后的事，已經是小事了。」沒想到獨臂半點不為所動，一心只想趕往賀卡卡山。「賀卡卡山要崩了，你聽說過那個傳說沒？」

「傳說？什麼傳說？」蜥蜴人一心只想快快逃命，沒想到危險總是陰魂不散，如影隨行的緊跟著牠。

「賀卡卡山上有什麼？有個偉大的咒師，咒師、咒師有三個銅鈴，一個銅鈴藏山頂、一個銅鈴在湖底、另一個銅鈴魚眼裡，銅鈴、銅鈴，噹、噹、噹，祕密都在冰湖裡。」獨臂把歌謠吟唱了一遍。

那滄桑中帶著濃濃情感的嗓音，讓蜥蜴人聽得想拍手讚揚，但是……一隻巨型螳螂殺手，怎會有濃烈的情感？

而且，仔細的聆聽歌詞，詞句裡似乎暗藏玄機。

蜥蜴人問：「這歌謠和那陣轟然而起的煙塵，有什麼關係？」

獨臂暫停了歌聲，重重嘆了一口氣，像在說——真是一隻無知的蜥蜴，然後接著說：「在我幼年的時候，曾聽我的母親提起，她親眼見過偉大的賀卡卡咒師，咒師有三個銅鈴，各別被置放在謎霧島上的三個地方，一個在賀卡卡山頂，一個在大湖裡，另一個，也是最重要的一個則在冰湖裡，當這三個銅鈴都響起的時候，謎霧島就要發生大災難了，賀卡卡山會崩塌，山上的湖水會沖刷而下，然後冰湖就會開始溶化。」

「哇！」蜥蜴人聽得張大了嘴巴。「那……不就所有東西都會被淹在水裡？」

包括蜥蜴人，牠自己。不行，得趕快想辦法，逃命去！

沒想到獨臂沒回答蜥蜴人的話，而是喃喃念著：「真正的祕密在冰湖底下，只有擁有真勇氣的人，才能潛入冰湖底，獲知祕密，阻止這場災難。」

「誰是擁有真勇氣的人？」蜥蜴人只聽話裡重點。

「誰知呢？」獨臂哼了聲，不再說話，加快速度飛向賀卡卡山。

那個擁有真勇氣的人是東女王嗎？獨臂不只一次想過，會是她嗎？應該錯不了，她是謎霧島的主人，唯有她能阻止這場災難。

㉓ 誰是刺客

在幾次激烈的震動後，大地似乎又回歸到平靜，一路從山頂往下奔逃的六眼、小柚和安特也終於可以稍稍喘息，在靠近山腳的地方，重新和那些兵蟻們會合。

兵蟻們看安特從六眼背上爬下來，紛紛跪下來行禮。

「偉大的蟻后，現在起請您帶領我們，我們大家願意忠誠不二的跟隨妳。」

安特的觸鬚在空氣中顫動，剛失去母親的悲傷緊抓住牠的心，但眼前兵蟻們的話讓牠記起了自己的責任，必須阻止戰爭，拯救大家的性命。

才想著，連開口說話都來不及，一個巨大的陰影突然罩住了大家，兵蟻們動作極快，圍住了新的蟻后安特保護。

小柚從六眼的背上跳下來，那巨大的陰影剛好降落下來，站在安特的前方，眼睛直盯著牠。

是一隻螳螂。

不，也許應該說，是一隻巨大的螳螂。

螳螂渾身閃著翠綠的光芒，那是一種比翠玉還要深、還要綠的顏色，有著一般螳螂的外表，後腳、中腳、和兩隻鐮刀狀的前腳，但眼前的螳螂只有一隻前腳，更仔細的一看，螳螂的背上還坐著一個小影子。

那個小影子一見到小柚，先是閃閃躲躲，然後發現無處可躲，只好三兩下從螳螂的背上滑下來，想奔向小柚。

咻地一聲，螳螂的大鐮刀突然從天而降，落在那個想奔向小柚的影子前，差點把那個影子削成兩半，嚇得那影子動也不敢動，只能瑟瑟發抖著。

小柚仔細盯著影子看，很快就看出那是一隻蜥蜴，一隻沒有尾巴的蜥蜴。然後，小柚的聲音和六眼的嗓音，幾乎是同步發出來。

「蜥蜴人！」小柚記得這隻害慘了她的蜥蜴。

「獨臂！」六眼認出了伙伴，和自己一樣被稱為謎霧島上三大妖怪之一的獨臂。

這是什麼日子呢？

謎霧島上的三大妖怪，已經聚集了兩隻！

「我還以為是誰呢？原來是六眼！」獨臂說起話來冷冷淡淡，連收起落在地上的鐮刀手，也是輕輕靜靜的。

但，牠的眼睛可不像動作和聲音，而是非常專注，像緊盯著獵物般急切的鎖定著安特。

兵蟻們當然也感覺到了，圍著安特，緩緩往後退幾步。

見獨臂的注意力不在牠身上，蜥蜴人偷偷溜向小柚，之前雖然有過節，但牠相信小柚不是見死不救的人，何況牠還有重要的訊息可以告訴她。

「從上次見面到現在，我們也有許多年沒見了吧！」六眼說。

獨臂的視線仍然緊盯著安特。「沒錯，從東女王進入沉睡狀態後，我們就不曾見過面了。」

蜥蜴人已逃到了小柚的腳邊，想爬上她的腳，卻被她用手揮掉。

「你這隻可惡的蜥蜴。」小柚一想起之前的事，沒辦法給予好臉色。

「東女王醒了，你知道吧？」獨臂問六眼。

六眼咕噥咕噥的說：「何止知道，我還見過她了。」

蜥蜴人見無法貼近小柚，只好指手畫腳了起來。

「你這隻笨蜥蜴，在做什麼？」小柚一說，獨臂的視線突然轉向蜥蜴人，蜥蜴人嚇了一大跳，只好大聲喊：

「有刺客！有刺客！」

「誰是刺客？刺客在哪裡？」兵蟻們大喊，更小心的保護住安特，一下子戒備了起來。

24 安特公主的挑戰

「誰是刺客？刺客在哪裡？」

兵蟻們的問話剛說出，一隻巨大的鐮刀馬上朝著牠們揮舞過來，還好六眼的反應快，粗壯如柱子的腳一下子擋住了大鐮刀，也擋在螞蟻們的前面。

「獨臂，你想做什麼？」六眼嚇了一跳。

獨臂來不及說話，蜥蜴人先跳出來。

「牠是來殺蟻后的！」其實這句話也還沒經過證實，但蜥蜴人胸有成竹。「誰不知道大螳螂獨臂是謎霧島上的殺手，牠威脅我，要我帶牠找蟻后，你們大家說，牠找蟻后能幹麼？當然是為暗殺蟻后而來！」

「你閉嘴。」小柚上前，一把揮走蜥蜴人。「別聽牠胡說，這隻蜥蜴最愛亂說話。」然後，她看了六眼一眼。

很意外，這陣子相處，竟讓六眼和小柚培養起良好的默契。

六眼的聲音咕噥咕噥的問：「是這樣嗎？獨臂？」

大螳螂意外的坦然。「沒錯，我是來殺蟻后的，而且是東女王派我來的！」

「胡說！」獨臂剛說完話，小柚就站上前，大聲嚇斥。「東女王已經派了我來阻止蟻后的大軍，又何必派你來殺牠？」

獨臂終於把注意力拉到小柚身上，這個大女孩的膽子真不小，居然敢站出來質疑牠！但，又想，東女王真的會派這樣一個人類女孩，來阻止龐大又可怕的蟻國大軍嗎？

六眼似乎懂得獨臂的懷疑，咕噥咕噥的說：「她沒說謊，東女王和她達成協議的時候，我也在城堡裡。」

獨臂了解，六眼沒必要說謊。但，不管了，不管這個人類女孩是不是主人——東女王派來的，都和他的任務無關。

「不管妳是不是東女王派來的，都和我的任務無關。現在，快讓開，別阻撓我執行任務，否則我就不客氣了！」獨臂收回大鐮刀，擺出準備應戰的姿態。

「閃啦，快閃開，否則遭殃的會是妳。」蜥蜴人不知什麼時候又溜回到小柚腳邊，兩隻爪子一直抓著小柚的腳。

小柚煩極了，真想一腳踹開牠。但，現在先處理這隻大螳螂比較重要。

「喂，你……」小柚想反駁，但沒想到才剛開口，六眼已早一步擋在她的前方，用粗壯的腿保護住她。

「獨臂，你做什麼我都不會阻攔你，唯獨你不能傷害這個女孩！」

牠的話讓獨臂大感驚訝，但被稱為謎霧島上的妖怪，也不是一兩天的事，尤其是大螳螂殺手獨臂這個稱呼，通常指得是牠既冷靜又無情。

「如果你想阻撓我執行任務，就別怪我不念舊日情誼。」說著，獨臂將大鐮刀舞得虎虎生風。

六眼沒被嚇阻，不改堅定的態度，決心保護小柚，謎霧島上的兩大妖怪對峙了起來，眼看就要大打出手，氣氛一下子緊張了起來，大家全繃緊了神經，就怕兩妖怪的大戰，會禍及大家。

「六眼大人，請不要為我而動干戈。」就在氣氛最緊張的時刻，安特推開了保護的蟻群，勇敢走出來，來到六眼和獨臂的中間。

六眼低頭看著安特。「小螞蟻呀，妳快閃開。」

「很好，懂得自己出來受死！」獨臂抬高了大鐮刀，趁著六眼不備，眼看鐮刀就要揮向安特。

剎那間，大家的呼吸全停了。

蜥蜴人用爪子摀住眼睛，恐怕下一秒就要有螞蟻斷肢殘身的畫面出現。但，在這時，一個聲音，一個勇敢、一點也不害怕的聲音，突然像打雷一樣的吼出來，那個人像用盡了全身的力量，就怕吼聲不夠大、不夠清楚。

「喂、你要殺的蟻后已經死了，牠是安特公主！」小柚跑出來擋在安特的前方，大聲吶喊。

眼看，大鐮刀已經舞到了安特的頭上，突然收住。獨臂瞪著安特，一會兒後，看向六眼。

只見六眼咕噥咕噥的點頭。

這下，獨臂沒了決定。蟻后已經死了，眼前的螞蟻只是公主，那……牠還要執行這個任務嗎？

就在猶豫、緊張、對峙和疑惑的氣氛裡，噹、噹、噹，震天的銅鈴聲突然響起。

「糟了！」獨臂收回鐮刀，大喊了聲。

隨即，轟隆隆、轟隆隆的聲音響了起來，緊接著天搖地動了起來，搖得所有人都站立不住，感覺大地就要裂開來了。

「第二個銅鈴響了，賀卡卡山上的大湖就要垮了，再不去阻止，等第三個銅鈴聲響起，大災難就要發生了！」獨臂對著六眼大聲喊。

「那，該怎麼辦？」六眼也慌了手腳。

「我知道第三個銅鈴在哪裡。」獨臂說。

「那……我……」六眼不知自己該做什麼。

「你趕快去通知東女王！」獨臂果決的說，然後轉身，拍動翅膀，準備飛起來。

「帶我一起去吧，這場災難是由我母親引來的，我有責任去解決。」沒想到安特上前，挺身而出。

「我也一起去。」小柚放心不下安特。

獨臂看了看安特和小柚，視線轉向六眼，六眼咕噥咕噥的點頭。

獨臂蹲低下來，很快的，小柚和安特爬到牠的背上。「我去處理第三個銅鈴的事，希望能來得及阻止，你趕快去通知東女王。」

說完話，獨臂拍動翅膀，準備飛起。

「等、等等我呀！」蜥蜴人在最後一刻跳起來，爬到了獨臂的背上。

轟隆、轟隆的聲響更大，大地震得上下跳動，眼看就要崩裂開來。

安特對著兵蟻們大聲喊：「你們趕快逃，把這個消息帶回去，去告訴大家，別擔心我，我會回去和大家會合。」

25 糖霜玻璃

跟著蟻群走了一天一夜，尤其在那陣尖銳刺耳的鈴響後所帶來的震動，讓小凱、綠笛、紅嘴和小灰球處於極度不安中，這一刻，當前方出現了像鏡子一樣的湖面，閃著細細碎碎的光，迷迷濛濛搭著霧，更增添了人心裡不確定的恐慌。但，在無奈下，小凱和大家還是只能前進，眼看著螞蟻大軍們喀喀作響，整齊畫一的行進，踏上鏡子般的冰湖，一點一滴消失在冰湖中央飄起的濃霧裡。

「這裡就是冰湖了。」紅嘴說著，迎面吹來一陣冷風，害牠打起冷顫。顫抖讓牠的毛喀喀作響。然而，絕對不是僅因為寒冷的關係，羽毛矗立，自動的打起拍子，並非因為寒冷，有更多令人感到害怕的原因，在冰湖的那一端，霧籠罩的盡頭，就是東女王的城堡了。

「從這個方向，因為起霧，我們看不到東女王的城堡，但正常，應該是越過冰湖，城堡馬上就到了。」小灰球點出紅嘴沒說的話，一陣風隨即呼呼颳過來，前方的霧忽然散開了些，晶晶亮亮的光微微跳動。

「那是什麼？」綠笛直指前方。

大家的視線很自然被吸引，很快也都注意到了，湖面上，在蟻群大軍移動過的地方，漸散的霧下，一閃一閃跳動著光，像光落到了鏡面上，調皮的玩起了眨眼的遊戲。

「我們過去看看。」小凱帶隊往前走，還好大家已經落於蟻群後，沒有任何一隻螞蟻注意到他們。

綠笛、小灰球和紅嘴趕緊跟上腳步，風不斷由冰湖盡頭的那端颳過來，霧被捲著走，來到冰湖的邊緣，光線一閃一閃，在湖面上跳起了迷人的舞蹈。

「這湖面看起來就像……糖霜玻璃！」小凱想了下，找到了最適合的形容。然後，他在湖邊蹲下來，湖面上散著一層白色的雪花。是雪花嗎？但乍看之下，又像糖霜。沒錯，像極了糖霜，所以他才想起了糖霜玻璃，這樣的形容。

綠笛是第二個在湖邊蹲下來的人，他用一手直接觸摸冰面，那白色的，像雪花一樣撒在湖面上的東西，卻沒有溫度。

「不是糖霜，也不是雪花。」綠笛用手指沾了些白色的粉狀物，先聞過，輕嘗了一下，然後皺起了眉頭。「是鹽巴！」

「鹽巴？」小凱也做了一樣的動作。

小灰球伸出貓舌頭，舔了一下冰面。甩了甩腦袋，好鹹，真的是鹽巴耶！

「誰那麼無聊，會在這個地方倒鹽巴？」紅嘴問，話剛出口，空氣中突然傳來嗆一聲尖銳的聲響。

然後，風在這一剎那間，好像完全靜止了，霧又移回到原來的位置，吞噬了一切，空氣突然變得很悶，不是因為燠熱而帶來的悶，是一種靜止的、真空的、因為內心的壓抑不安，所產生的悶。

然後，接連著，大約慢了四到五秒，第二個尖銳的鈴聲響起，噹、噹，緊接著第三聲響起，那鈴聲迴盪在整個謎霧島上，迴盪於冰湖上，尖銳得彷彿要刺穿所有人的耳膜，讓小凱、綠笛蹲下來，緊緊摀住雙耳，紅嘴和小灰球也做了一樣的動作。

冰湖上的蟻軍像受了催眠一樣，不畏刺耳鈴聲，勇往直前，已完全消失在濃霧裡，轟隆隆、轟隆隆的聲音隨之響起，大地再一次激烈的震動起來，湖面啵、啵、啵的跳起了舞蹈，一條條細縫，如蜘蛛絲一樣的細紋，快速的爬滿湖面。

「糟了！」小凱和綠笛同步跳起來。

26 謎霧島南邊的主人

「我們現在應該怎麼辦？」」小柚坐在獨臂的背上。

這是一幅瘋狂的畫面，一個人類女孩，背後有一隻巨型螞蟻，脖子上抓著一隻蜥蜴，他們一起坐在一隻更巨大的螳螂身上，這隻螳螂振翅飛翔，飛在一個被稱為謎霧島的天空，一起想著怎麼解決迫切危機，三個銅鈴響起所帶來的浩劫。

「想辦法阻止第三個銅鈴響。」獨臂說著，前方的霧瀰漫過來，轉眼間，大家已經置身在濃霧搭起的圍幕裡，一種緊張搭起的壓迫感也隨之瀰漫開來。

「不過，我想這大概也只有東女王，有這樣的能力。我們只能夠盡量拖延時間，能盡多少力量，就盡多少力量，希望在最後一刻，東女王能趕到。」獨臂接著又說。

小柚的心裡充滿了疑問。

為什麼只有東女王有能力改變？還有，第三個銅鈴聲響的時候，到底會發生什麼事？

「第三個銅鈴響的時候，到底會發生什麼事？」顯然，後面的問題是迫在眉睫了，所以小柚選擇先問。

回答她的，是一個小小的聲音。

蜥蜴人把從獨臂那兒聽來的歌謠唱了一遍，不管歌聲好不好，曲調對不對，歌詞的內容，才是可怕的精髓所在。

「賀卡卡山上有什麼？有個偉大的咒師，咒師、咒師有三個銅鈴，一個銅鈴藏山頂、一個銅鈴在湖底、另一個銅鈴魚眼裡，銅鈴、銅鈴，噹、噹、噹，祕密都在冰湖裡。」

「什麼祕密在冰湖裡？」小柚問，她想著歌詞，很自然把重點擺在最後。

從歌詞的內容聽來，謎霧島上有三個銅鈴，這三個銅鈴本來都是偉大咒師的，而這位咒師本來居住在賀卡卡山上，銅鈴很自然被放置在賀卡卡山頂，還有山頂的湖裡，最後一個銅鈴則被放在像鯨魚眼睛的冰湖裡。

這首歌謠的前半段應該是這麼說的，但後半段呢？銅鈴，噹、噹、噹，指的是銅鈴響的時候吧？當銅鈴響的時候，什麼樣的祕密會藏在冰湖裡呢？是……造成山崩地震的祕密嗎？

小柚忍不住的想，但不管想多久，心裡仍然沒有答案。但，對於這首歌謠，她卻有著一股說不出的熟悉感，好像在哪兒聽過，也好像自己曾經唱過，還是……許多亂七八糟的影像，紛紛跳進她的腦袋裡，亂成一團，反而讓她像霧裡看花，什麼也抓不到，什麼也理不清。

「這個，妳就得問獨臂大人了！」蜥蜴人收住聲音，歌聲停了，把話題轉回到獨臂身上。

獨臂在濃霧裡飛翔，本來就不是件安全的事，尤其身上還帶著三個不速之客。

「你們都見識到剛剛的天崩地裂了吧？」獨臂盡量將注意力集中在飛行上，前方的濃霧裡颳來一陣風，讓牠只好臨時降低高度。

突然的下降，讓小柚、安特和蜥蜴人發出一陣尖叫，蜥蜴人尤其害怕，再一次緊緊抓住小柚的領子。

「第一聲銅鈴響的時候，我們都看到了賀卡卡山的震動。」小柚勉強的說。

獨臂安靜了許多，讓小柚忍不住又問。「但，第二個銅鈴響，除了震耳欲聾的鈴聲外，為什麼沒發生什麼事？」

這個問題讓獨臂冷笑，那冷笑聲似乎在說——妳這個無知，什麼都不懂的人類女孩。

「關於第三個銅鈴響起後，賀卡卡山上的大湖會崩潰、冰湖上的冰會溶解，大水會沖垮一切，這些，我們都知道，我們都了解。」安特討厭獨臂的冷笑，忍不住說。

牠相信，不久前牠和蟻后的對話，小柚也聽到了。所以小柚的意思，想問的應該是，冰湖裡藏著的祕密，到底是什麼？能阻止這場災難嗎？

「沒錯，這些，我們都知道。所以，藏在冰湖裡的祕密，到底是什麼？」小柚抓緊時間，又問了一次。

這話，看似問獨臂，但話一說出來，小柚的心裡馬上回響著無數漣漪，那些漣漪是自問——藏在冰湖裡的祕密是什麼？冰湖裡到底藏著什麼祕密？藏著什麼祕密？藏著什麼？藏……

這一波波的漣漪，旋轉在一起，轉成了一個大漩渦，漩渦把小柚困住，把她往漩渦裡拉，拉進她的內心裡，她的內心響著小小的聲音。

仔細聆聽、仔細聆聽，聽那個微弱到幾乎聽不到的聲音，那就是答案啊！是獨臂也無法給予的答案！

「我也不知道！」獨臂嘆了口氣。

果然，冰湖底下的祕密，是獨臂也不知道的。

小柚的心咚地跳了一下，好像想起了某件被遺忘了很久的事，但由於遺忘太久了，變得模糊了，一時片刻也想不起來，就像拼圖一樣，只有個模糊的大概輪廓，卻怎麼也無法拼湊出記憶裡最重要、最完整的部分。

獨臂又嘆了一口氣，繼續說：「那銅鈴是賀卡卡的咒師放的，說起賀卡卡的咒師，在我很小的時候，大約我剛出生，還住在卵鞘裡時，曾經聽我的母親說過，賀卡卡的咒師本來是謎霧島南邊的主人。」

27 飄移的霧

「賀卡卡的咒師本來是謎霧島南邊的主人。」獨臂說著，空氣中突然安靜下來，那一種極致的寧靜，感覺空氣不再流動，霧不再飄移，流水停止，沒有蟲鳴鳥叫，沒有花開葉搖，沒有呼吸。

是的，連呼吸的聲音都感覺不到，因為這樣的寂靜，靜得令人心慌，又不得不豎起耳朵聆聽，專心的、仔細的，所以哪怕是一根針不小心落在地上，都能聽到嘟的一聲聲響。

相對著，這樣的壓迫感不由得讓人喘不過氣來。

「我母親說，那是個晴朗無雲的日子，一個看似沒任何不同，又讓人感到舒服非常的日子，誰都沒想到，這樣的日子卻是可怕惡夢降臨的一天，如今回想起來，那真像是暴風雨前的寧靜呀！」

獨臂的聲音裡充滿著回憶，回憶將牠帶回到母親曾經保護著牠的日子，那是甜蜜不孤單的日子，因為甜蜜，因為不孤單，牠的聲音聽起來也充滿了溫暖。

一個殺手，還不是殺手前的溫暖。

牠繼續說：「那也是我從卵鞘裡探出頭來的第一天，一股不安在悄然蠢動，遠處的大海上響起了驚天響雷，響雷之後，霧出現了，隨著風快速移動，很快就籠罩在謎霧島上空，從此那霧就沒消失過。」

「原來，謎霧島上的霧，是這樣來的。」像嘆息，小柚和安特同時說。

獨臂安靜了好幾秒，好像在醞釀著更精采的話，大霧籠罩著謎霧島後所發生的事，才是過度寧靜後的暴風雨。

果然，接下來獨臂的嗓音裡充滿了悲傷。「大家都覺得，霧只是一種自然現象，但怎麼也沒料到，霧帶來的災難。」

「什麼災難？」這次是蜥蜴人開口問。

霧剛從海上飄向謎霧島的那幾日，牠剛好都躲在樹洞裡睡大覺，詳細情形，牠也不清楚。

「那霧裡帶著滿滿悲傷，是一種會讓人瘋狂悲傷的錯覺。」獨臂接著說，飛行的高度又降低了些，牠陷入了回憶裡。「至少，我的母親就是如此！」

翅膀震動的速度加快，突來的俯衝就像述說著的往事，進入了激烈可怕階段，讓小柚、安特和蜥蜴人忍不住尖叫出聲。

「我的母親發瘋一樣的毀了卵鞘，我也差點死在牠的鐮刀下，在奮力抵抗中，我失去了一隻手，然後……是東女王救了我。」獨臂的話說到這兒，突然停住，一如牠突然俯衝的動作，飛行放慢，目的地已接近。

閃亮如鏡的冰湖上，滿滿都是密密麻麻的蟻群，蟻群的前端被大霧吞噬，只有落於隊伍最後的少數，零星能見到移動的身影，而在冰湖的這頭，霧稍微散去的這端，有幾個影子在移動，近一點看，是兩個人類男孩、一隻有翅膀的貓、和一隻大白鵝。

看見他們，蜥蜴人才突然想起，對著小柚說：

「喔，喂，我忘了告訴妳，小凱和綠笛來找妳了！」

28 相逢

當獨臂在冰湖前降落，小柚是第一個跳下來，衝上前去的人。她想，在見到弟弟的第一剎那，她會興奮的跳上前，緊緊的擁抱他。然而，實際上並沒有，當小柚大聲喊著小凱，小凱從湖邊站起來，轉過來。

小柚大聲的指責：「你這個笨蛋，為什麼還要回來？」

除了驚訝於弟弟變得好高，變得和她想像中的不一樣，已經長大了，小柚有更多的情緒是不希望弟弟再一次回到謎霧島，涉入危險中。

「我……」小凱愣住，他想像所有姊弟再一次見面的可能畫面——你長大了！你變強壯了！真高興見到你！謝謝你回到謎霧島來解救我！

真的，小凱想像過所有畫面，但獨獨漏掉眼前發生的事。

「小柚！」綠笛繞過小凱，大步向前，開心的擁抱小柚。

小柚被嚇了一跳，一下子認不出眼前的人。

「嗨，小柚。」小灰球、紅嘴也過來打招呼。發現她僵硬的揮手，小灰球馬上猜出來，小柚一定是沒認出綠笛。

「他是綠笛啦，是不是變很多？他現在已經是個成熟的大人了喔！」小灰球說著，拍了拍翅膀，飛到小柚和綠笛身旁。

「綠笛！」小柚退開一步，看著他。

綠笛卻抿緊了嘴巴，什麼話也沒說。他的表情變得有點奇怪，雙肩無精打采的垮了下來，雖然看起來像若有所思，但更貼切的形容應該是失望。他以為，就算長大了，不管樣貌變得如何，小柚應該都能認出他。

因為，他們曾經是那麼要好的青梅竹馬，要好的認定，彼此在長大後，仍然會一直在一起，直到永遠。

氣氛突然變得有點奇怪，還好這時紅嘴突然發現了蜥蜴人，大喊出來。

「喂，你怎麼在這裡，你這個沒有誠信的叛逃者！」

蜥蜴人從小柚的背後探出頭來，兩隻前爪仍然緊緊抓著小柚的後領子，然後故作鎮定的說：「什麼沒有誠信的判逃者，你根本不應該這樣說我，我才不是叛逃，我是、我是……我離開是去找她，現在我不是把人給帶來了嗎？」

「這個、這個……」紅嘴想想，也有道理，差點被呼籠過去。

「別聽牠胡說，牠根本在說謊。」小灰球腦袋比較清楚。「一定是牠逃走後，剛好遇到了小柚，在不得已之下，跟著小柚他們一起過來。」

雖然小柚是站在大家眼前，不過蜥蜴人的話，實在沒有說服力。如果仔細想，當大家都認為小柚在東女王手上，想抓蟻后作為交換小柚的條件，為何蜥蜴人卻知道小柚不在東女王的城堡裡？還有，其他……

一隻螞蟻和一隻巨型螳螂，巨型螳螂、巨型……而且牠只有一隻像鐮刀一樣的手臂……一隻……獨臂！

「獨臂！」

小灰球和紅嘴突然大喊出來，快速退後好幾步。

獨臂，謎霧島上的三大妖怪之一，神出鬼沒，是東女王的爪牙，謎霧島上可怕的殺手！

終於有人喊出了牠的名字，讓獨臂有了開口說話的機會，說真的，牠厭煩極了，對於眼前這些人或動物、爬蟲的寒暄，牠覺得無聊到了極點，在大災難即將發生之際，居然還有心情寒暄？

「在第三個銅鈴響起之前，我們最好趕快想出解決的辦法！」獨臂的話剛說完，啵哩哩哩哩的聲音就傳來，一聲強過一聲，一聲緊接著一聲，聲音迴盪響徹雲霄，不絕於耳。

「遭了！冰湖上的冰面，已經開始崩裂了！」小凱大喊。

安特焦急的望著冰湖的另一端，「牠們，我們蟻國的大軍越過冰湖了嗎？」

「誰知道呢！」回答的是紅嘴，畢竟牠和小凱、小灰球、綠笛一直是跟在那些螞蟻的後方，而且已經落隊很久了。

「不行，我得去救牠們！」安特很快決定，並且馬上付諸行動，朝著冰湖奔跑過去。

「安特，別去，冰面已經開始裂開了，很危險。」小柚想阻止牠，但已來不及，危險一點也撼動不了安特的責任心。

「我得去警告，並且解救牠們，小柚，謝謝妳，很高興能認識妳！」安特沒有回頭，衝進了冰湖，左閃右躲的繞開幾處冰裂，身影很快消失在籠罩於冰湖的濃霧裡。

「牠……是蟻后嗎？」小凱問。

他們本來打算用來向東女王交換小柚的人質？不，不是人質，是「蟻」質。

「不是，牠是安特公主。不過……也算對，因為蟻后已經死了，牠會是新的蟻后。」蜥蜴人站到小柚的肩膀上。

太多事情，發生的太快，得耗去一些時間，才可以把事情的前因後果說清楚，但是，時間就是目前他們最缺乏的。

啵哩哩哩哩的聲音又響起，冰裂的速度加快，讓所有人的心跳跟著加速。

「現在，我們應該怎麼辦？到底冰湖裡的祕密是什麼？」小柚想起了獨臂的話。

「冰湖裡的祕密？那是什麼？」小凱、綠笛、小灰球和紅嘴齊聲問。

獨臂淡淡的說：「不管冰湖裡的祕密是什麼，我想都已經來不及了，災難是避免不了了，而能救大家的，只有一個人，只有東女王，只有她才能阻止這場災難，只有她才能解救大家！」

29 溶化的冰湖

而能救大家的，只有一個人！

只有東女王！

只有她才能阻止這場災難！

只有她才能解救大家！

啵哩哩哩哩、啵哩哩哩哩、啵哩哩哩哩，冰裂的聲音迴盪在空氣裡，隨著節奏頻率的加快，冰湖裡的撞擊聲不絕於耳，冰裂後，冰塊和冰塊的撞擊聲加入，轟隆、轟隆的響著，啵哩哩哩哩、轟隆，啵哩哩哩哩、轟隆，啵哩哩哩哩、轟隆……

震撼的聲音，聽起來像某首曲子，一首慷慨激昂，充滿了危險和危機的曲子，一首帶領著人橫衝直撞，闖過無限危險的曲子，一首會讓人心跳加速，血液逆流的曲子，順著血液走，某些記憶就會被呼喚回來。

「我想把這三個銅鈴放進我的鯨魚小島上。」一個小女孩說。

「爲什麼？」那個模糊的影子問。

「不爲什麼，我就是喜歡。」小女孩任性的說，想了想，問那個模糊的影子。「而且，你不是說過銅鈴可以用來防盜？小島是我的，當然要有防盜的裝置。像這樣、這樣做，只要有人闖入我的島，或是想和我唱反調，我就可以這樣對付他。」

小女孩把銅鈴綁在一條線上，滔滔不絕的說著她的想法。

「喔，是這樣嘛？」那個模糊的影子聽了，輕輕的呵呵笑。「那，妳打算放在哪裡呢？」

「一個這裡、一個這裡，最後一個放在這裡。」小女孩在水池旁比畫，然後用乞求的眼神，望著那個模糊的影子。「你會幫我把銅鈴放上去嗎？」

「那是當然的。」模糊的影子點點頭，然後問：「妳確定最後一個要放在鯨魚的眼睛裡嗎？」

小女孩很堅決的點頭。

「爲什麼？」模糊的影子問。

「你不覺得鯨魚的眼睛看起來，就像藏著祕密一樣嗎？而且呀，萬一哪一天我遇到了討厭的東西，或是、或是……總之就是有人惹得我非常生氣。我呀，只要一個、一個的把銅鈴拉響，綁在銅鈴裡的繩子就能連動起來，這裡會裂開，這個賀卡卡山上的湖也會垮，然後水會一路往下沖，沖到鯨魚的眼睛，呼嚕嚕，水會漲上來，把我討厭的人、東西全都沖掉，這樣多好！」小女孩比手畫腳的說著。

模糊的影子聽了呵呵笑。「那妳的城堡怎麼辦？因爲，聽妳的說法，不像防盜裝置，反而比較像毀滅裝置。」

小女孩生氣的鼓著臉，責怪模糊的影子聽不懂她的計畫。

「才不是毀滅裝置，因爲我的城堡絕對會沒事。」小女孩雙手插腰，驕傲的把下巴抬高。「你看到了嗎？我在這裡，在這條通往城堡的祕密通道裡，蓋了一道很高、很高的閘門，萬一水淹過來了，我只要把這個開關往上拉，閘門就會升起來，水絕對不可能會沖刷到我的城堡，城堡會很安全。」

「聽起來，妳設想的真周到。」模糊的影子露出滿意的表情。

小女孩一聽更得意，開心的轉身，一不小心撞翻了旁邊的一包鹽，鹽撒了一地，落在鯨魚島上，在城堡南邊，一大片的泥地上。

「哎呀，糟了！」小女孩嘆氣。

「沒關係的，等一下清一清不就好了。」模糊的影子安慰她，然後轉身走開。

小女孩低頭看著那些撒了滿地的鹽，想了一下。

「算了。」小女孩說著，也轉身離開。

風呼呼的吹、呼呼的吹，吹過水池，揚起一陣漣漪，漣漪慢慢蕩漾開來，漫到了鯨魚形狀的人工島邊，一片葉子，從樹上掉落，隨著風飄，緩緩落到了水池裡，葉子上有一隻螞蟻，風依然呼呼的吹，伴隨著唦哩哩哩哩、唦哩哩哩哩的冰裂聲。

小柚站在冰湖邊，冷風颼颼的颳，讓她的頭腦清晰，突然吹醒了她的記憶，唦哩哩哩哩的冰裂聲像音符，不斷鼓動她，要她努力、勇敢的去回憶，然後轟隆隆、轟隆隆冰塊的撞擊聲，讓她清醒，催促著她跳起來，大聲喊：

「快一點，大家快跟我來，不然就來不急了，大災難要發生了！」

30 災難

「快點、這邊，小凱、大家，快，往這裡走！」

小柚跑在最前方，冰湖裡溶裂的冰好像自動出現了一條安全的通道，大家追隨著小柚的腳步，往前狂奔。然而背後，冰面和冰面撞擊的轟隆聲越來越激烈、越來越駭人，猶如巨大的怪獸一路追趕，如影隨形。

眾人沒命的往前奔逃，包括緊跟在後飛翔的獨臂和小灰球，直到一坐凸出的小冰山出現在大家面前，眼見就要撞上冰山了。

「危險！」獨臂和小灰球齊聲喊。

跑在最前方的小柚，轉了一個腳步，眼前突然出現一條道路。「這邊，大家快，往這邊，盡量往前跑，往高的地方跑。」

小柚停下來了，等著小凱、綠笛、紅嘴、蜥蜴人奔跑過她的面前，然後是小灰球和獨臂飛過，她仍然張著嘴大聲喊：「快，往高的地方跑！」

她催促著，轟隆隆的聲音再度拔地而起，但這回不一樣，冰面震動得比之前更激烈，彷彿整座湖就要塌陷了，跑在最前方的小凱轉頭，見到小柚居然站著沒動，慌張的開口大喊，但聲音卻怎麼也出不來，突然間，也許只有幾秒，世界好像靜止了，什麼聲音也沒有，呈現出一種真空的狀態，無聲、但壓迫，壓迫得像掉進了洗衣機裡，世界就要開始旋轉，然後銅鈴的聲音再度響起，尖銳得幾乎要刺穿所有人的耳膜，逼得大家不得不用雙手摀住耳朵。

但，只有小柚一人例外，她背著風勇敢站立，張嘴大喊。

小凱和綠笛只聽到嗡嗡和咻咻的聲音，完全聽不到她喊些什麼。

大地開始晃動起來，震盪得人東倒西歪，站都站不穩。終於，銅鈴聲停了，小柚的喊聲由模糊變得清楚。

「你們快跑，往前跑就對了，我知道如何擋住大水！」她的視線由小凱和綠笛身上移開，停在大螳螂的身上，她需要牠的幫忙。

「我需要你的幫忙。」她朝著獨臂大聲喊。

獨臂只猶豫了一秒，然後飛回來。

牠是謎霧島上的三大妖怪之一，牠是謎霧島上最可怕的殺手，牠應該冷酷無情，牠應該坐視不管，牠應該……

孤獨的家族，孤獨的人，當東邊的月亮升起，月光再度撒落在冰湖上，那個女孩醒來，鯨魚的眼化成淚水，女孩注定要與孤獨的人相遇，終結孤獨，北邊的妖怪呀，這是你的宿命，你的宿命。

不知道為什麼，獨臂的頭腦裡閃過了那則傳說。

那個傳說，那個女孩，那個女孩現在就在城堡裡，那個女孩就是東女王，那個女孩……

「快點，我們的時間不多了！」小柚催促，獨臂剛好在她面前停下來。

「是的，我們的時間不多了，快上來吧！」獨臂將身體壓低，讓小柚爬到牠的背上。

幾乎，小柚才坐好，獨臂就張開翅膀飛起來。

居高臨下，小柚朝著小凱他們大聲喊：「記得，趕快往前跑，不必擔心我！」

獨臂往上飛得更高，除了風的颼颼聲，大地震動所發出的嗡嗡地鳴也加大，隱約間只能聽到小凱和綠笛對她的呼喚。

「小柚。」

「姊姊。」

小柚朝著他們揮手，獨臂飛得更高了，霧在這時完全散開來，這座形狀像鯨魚的謎霧島就在腳下，轟隆隆的巨石滾下來、煙塵瀰漫的地方是賀卡卡山，山上大湖裡的水翻騰，像瀑布沖刷下來，把大量土石泥沙往下帶，滾滾水流所到之處，無一幸免，全被吞噬，山下快到冰湖前那間石頭屋，一下子就被大水沖垮，壓在石頭屋上的杉木漂浮起來，冰湖裡的冰已經完全溶化，水位漲了起來，嘩啦嘩啦水聲像猛獸，只等待著滾滾泥流匯集，就會淹沒一切，尤其是剛越過冰湖，已經接近東女王城堡的螞蟻們，還有加緊腳步急急追趕的安特。

「那裡，快點，我們快來不及了。」小柚焦急的大喊，一手指著那座溶化中的小冰山，「那座小冰山下有個按鈕開關。」

獨臂先是往上又飛高了一些，然後俯衝而下，彷彿牠不是螳螂，而是一隻遨翔在雪峰之巔的老鷹。

「就是那裡了。」小柚只以一手抓緊獨臂，然後站了起來。

獨臂越來越靠近小冰山。

「你能在小冰山上停下來嗎？」小柚問。

獨臂並沒回答，以行動直接證明了牠的能力。

幾乎獨臂剛停下，小柚就馬上跳下來，溶化的冰面又滑又危險，根本寸步難行。但，小柚已經管不了那麼多，乾脆坐下來，讓身體在溶化的冰面上滑行，速度果然快得驚人，眼看就要掉入冰湖裡，在像刀鋒一樣尖銳矗立的邊緣，她雙手緊緊攀住，阻止身體往下墜落，然後吃力的騰出一隻手，在邊緣的下方摸索，直到找到了她口中說的開關，她的雙眼亮出了星星的光芒，愉悅的笑剛飄上她的嘴角，她支撐著身體的一手已又痠又麻，她知道已經到了極限，使出全身最後的力氣，她握拳敲下凸出的開關。

轟咚、轟咚，天地之間響起了駭人的巨響，比山崩地裂的聲音更嚇人，一道金屬擋水板緩慢從靠近東女王城堡的地方升起來。

「還好，來得及。」小柚嘆了一口氣，攀在冰面邊緣的一手已失去力氣，身體開始往下墜。

她想，她會掉入溶化後的冰湖裡。

她可能會被從賀卡卡山上沖刷而下的泥漿淹沒，或是凍死在冰湖裡，她就要死在小時候自己建造的島上了！

不，也許不是她自己建造的。

還有一個人，那個模糊的影子。

不知為什麼，在這一刻，小柚的頭腦特別清晰，那個模糊的影子，就是她的外公，在她記憶裡最疼愛她的人。

或許只有幾秒，也許需要幾分鐘，她準備好掉進冰湖裡會是如何凍人的感覺，然後緩緩閉上雙眼，靜靜等待時間一秒一秒流逝。

一秒、兩秒、三秒……

沒有，並沒有。

一個重力的撞擊，讓她張開雙眼，大大吸了一口氣。原來她落在螳螂的背上，是獨臂救了她。

小柚沒來得及說話，獨臂的聲音已經衝進她的耳朵裡，那是既驚訝又不可思議的語調。

「不可能，能解決這個災難的應該只有東女王，冰湖下的祕密只有她知道！」

「冰湖下沒有祕密。」小柚喘氣著。

「不。」獨臂堅決的說，「傳說裡，不是這樣說的！」

小柚一連又喘了幾口氣，等到呼吸緩和。「我不知道傳說是如何說，但事實是——冰湖裡沒有祕密。」

如果這座島就是小時候她和外公所一起建造的島，那麼冰湖下根本就沒有什麼祕密。

只是小柚仍然沒想通，東女王為什麼會成為謎霧島的主人？

然而，時間也沒容許小柚想通。

她以為那片巨大的金屬防水閘門能阻擋住泥沙和水流，但顯然並不能，或許應該說是不夠，速度不夠快。賀卡卡山上傾瀉而下的泥水，很快和冰湖裡翻騰的水匯集，翻起了如同海嘯的巨浪，巨浪朝著那些螞蟻們直衝而去，眼看第一個被吞噬的會是安特。

「快，我們去救安特。」小柚再一次大喊。

但，巨浪吞噬一切的速度太快了，眼看安特就要被捲走了。

「安特，危險呀！」小柚大喊，腦海裡閃過一個畫面——

我要把這兩個東西放在皇冠上，你看，這顆糖看起來多像美麗的寶石？吃了這顆糖，身體會變大，然後吃了這個，這邊小小的粉黃的這顆，身體就會變小喔！

下一秒，小柚從獨臂的背上站起來，看見翻滾的大水裡，有許多漂浮的杉木塊，她大聲喊：

「安特，叫大家，叫妳的所有蟻民，抓緊那些杉木塊！」

喊完話，小柚把背在背上的皇冠拉出來，解開繩子，用力拋進冰湖裡。

轟隆一聲，幾乎皇冠一觸碰到湖水，湖面馬上綻開了一道刺眼的光，光掃過整座冰湖，掃過冰湖周圍的一切，包括東女王的城堡，然後一切突然安靜了下來，金屬閘門順利擋住翻騰大水，越過冰湖的那些蟻群全不見了，安特公主也不見了，有許多小點攀在漂流的杉木上，像蛋糕上撒滿芝麻，但這些芝麻剛逃過了一場災難。

小柚鬆了口氣，整個人癱軟下來。

見識了一切的獨臂，仍然覺得不可思議。

「不可能的，那個擁有偉大勇氣的女孩應該是東女王，不可能是妳！」

31 東女王的怨恨

小凱、綠笛、小灰球、紅嘴和蜥蜴人怎麼也沒想到，在天搖地動的情況下，拚命往前一路奔跑，直衝密道的終點，居然是東女王的城堡。

而那個年齡看起來只有七歲的小女孩，就是傳聞中的東女王，謎霧島的主人。

她正好整以暇的端坐在王座上，通往王座的階梯一級級，像座小丘一樣高，階梯的盡頭是個平臺，平臺上放著一張王座，王座的旁邊放著一具透明的水晶棺木，棺木裡放著什麼人？或東西？除非爬上平臺，否則無法看清楚。

「不錯、不錯，你們是憑著真本事，才逃過大洪水，沒被大水沖走？還是純粹運氣好呀？」東女王笑著拍手，噘著嘴巴，晃動著雙腳，坐在尊貴的寶座上。

那說話的神情模樣，還有毫無同情心的冷酷話語，聽了真令人生氣。

小凱往前一站，一手指著她。

「妳是哪家的臭小鬼，真該被好好的教訓一頓！」

東女王聽了非常生氣，雙手用力拍王座的扶把，跳起來。「你才是臭小孩，你才需要被教訓，信不信，只要你再說一句，我就馬上把你給……」

最後的字沒被說出來，而是以手抹在脖子上示意，表示要把人給殺了。

如果不是綠笛阻止，小凱想，他會衝上王座，把這個小女孩抓下來，看她是否還能擺出這副驕傲可惡的模樣。但，綠笛似乎早了他一步，把小凱拉退一步後，他往前走，一步一步踏上階梯，像個被催眠的人，走到東女王面前，他停下來，專注的看著她。

「是……妳嗎？」綠笛問。

東女王露出滿意的笑。「看來，只有你記得我！」

「可是……」綠笛的眼裡充滿著疑惑。

「看來，不管過了多少年，你仍然會記得我。而且，你長大了，變得和我想像中的一樣帥。」東女王朝著綠笛伸出一手，等著綠笛牽起她的手，禮貌的親吻。

綠笛就像被催眠了一樣，伸手握住東女王的手。就算剛剛腦中還有一點點疑慮，現在早已煙消雲散，一丁點都不剩。

「綠笛，你別被她給騙了！」王座下的小凱緊張的大喊。小灰球和紅嘴也剛好說出百思不解的疑惑。

「你們覺不覺得，東女王為什麼長得和饅頭一模一樣？」

小凱把注意力拉回來，看著小灰球和紅嘴。

「什麼饅頭？」很顯然地，他忘了。或者說，在他的記憶裡，不再有那段回憶，就像某件曾經發生過的事，一旦被改變，事件已經不存在，記憶自然而然也會被抹去，像泡影在陽光下消失。

「你居然不知道饅頭是什麼？」蜥蜴人跳起來，像聽到令人噴飯的笑話，多此一舉的解釋，其實牠也是狀況外。「就是吃的食物，揉了麵粉去蒸成的一種、一種……」應該說是糕餅嗎？

或許不是。

「你們閉嘴！」東女王大喊了一聲，抽回手。

臉頰因氣憤而顫抖著，對於蜥蜴人、小凱、小灰球和紅嘴的對話，她厭惡極了，也不耐煩到了極點。她痛恨現在所發生的一切，尤其討厭有人提到饅頭，更別說把她和饅頭拿來做比較，她更討厭大家不記得她，那感覺非常糟糕，簡直糟透了，就像她是一個、一個……被遺棄的人。

沒錯，一個被厭惡而遺棄的人！

她討厭這種感覺，她是一個尊貴的女王，一個尊貴的王者，一個尊貴的人，怎麼可能被遺棄呢？

「別在我面前再提起饅頭，我要讓你們知道，在我面前提到饅頭的人，會有什麼下場！」她離開王座，一步一步走下來，臉也跟著開始扭曲，變得猙獰。

碰咚一聲，彷彿是為了配合東女王的怒氣，突來的震動讓大家差點站不穩，然後定睛一看，一個龐然大物瞬間出現在眾人面前。

一見到那個龐然大物，東女王咧著嘴，發出嘻嘻笑聲。

「六眼，把這幾個讓我心煩的傢伙都吃了吧！」

原來，那個龐然大物不是別人，正是謎霧島的三大妖怪之一，大蜘蛛——六眼。

而六眼的身旁還跟著幾隻體型巨大的螞蟻。

㉜ 被遺棄的人

「六眼，把這幾個讓我心煩的傢伙都吃了吧！」

當東女王咧嘴嘻嘻笑著說出這句話時，另一個聲音傳來適時傳來，阻止了六眼的動作。

「住手，六眼！」

一個龐大身影隨著聲音出現，從天而降，帶來一陣騷動。原來是小柚和獨臂，適時趕來。獨臂的腳幾乎才踏在地上，小柚就從牠的背上跳下來，大步走向東女王。

「我已經如約定讓螞蟻大軍退兵了，妳快把饅頭還給我！」小柚抬起胸膛說。

東女王看著她，臉上仍掛著嘻嘻笑容，許久之後，雙手用力鼓掌。「不錯、不錯，不愧是『我的禮物』，勇氣有、智慧也有，但是呀……」

她的雙手背後，在大廳裡轉了一圈，看著每個人、每隻動物、每隻昆蟲，然後停下來，停在小柚面前，與她面對面，慢慢抬起一根手指，指著小柚右肩膀上靠近領子的某個點，一個字、一個字的把話說出來，說得既清楚且冷漠。

「我記得，我是要妳去處理掉那些螞蟻們，什麼叫處理掉呢？顯然，妳並沒聽懂我的意思。否則呀，這隻小螞蟻就不會出現在妳的肩膀上，還有那幾隻大螞蟻，也不會出現在六眼身旁。」

小螞蟻，沒錯。

小柚肩膀上、領子邊的黑點，就是一隻小螞蟻，是小柚的好朋友，是她從冰湖裡杉木上救起的安特，已經恢復正常的蟻國公主——安特，勇敢的安特公主，也是蟻國最新的蟻后。

說完話，東女王朝著六眼和獨臂彈了一下手指，指尖發出啵的一個響聲。

「不過，我也不怪妳聽不懂啦，因為根本無所謂，反正我的屬下很快就會教會妳，什麼叫做『處理掉』！」

獨臂和六眼接到暗示，心裡雖然有一點猶豫，但還是動作起來。尤其是獨臂，牠揮舞起鐮刀手，眼見大鐮刀就要架到小柚的脖子上。

「住手，妳不能這樣做！」站在王座旁的綠笛大喊，很快從階梯上衝下來，擋在小柚面前。

小凱、小灰球、紅嘴也一起靠過來。

獨臂的鐮刀手，只差幾秒，眼看就要落在綠笛的脖子上。那鐮刀鋒利得如同一把利刃，落在脖子上的可怕，不可言喻。

但，綠笛卻一點也沒退縮。

東女王看著突發狀況，重重嘆了一口氣，在最後一秒，令人意外的朝著獨臂彈了一下手指頭，「啵」的響聲傳出，獨臂馬上收回鐮刀，否則綠笛的腦袋恐怕已經不保。

「你是個傻瓜。」東女王朝著綠笛說。

綠笛卻無任何反應。

反觀小柚，她繞過綠笛，往前一站，和東女王對峙起來。「我當然知道『處理掉』有很可怕的意思，但一件事情如果可以用不傷害任何一個人、一個生命的方式來解決，為什麼一定要選擇殘忍的方法呢？何況、何況……」

小柚想了一下，更加深心裡的確定感。

「何況，從頭到尾，妳根本從來沒把蟻國大軍放在眼裡。」有些事情，如果把前因後果連想在一起，答案便呼之欲出。

結果，在清楚不過。

這句話讓東女王的心情大好，連連拍手鼓掌。「看來，妳又想起了某些事情了！」

小柚沒否認她的話。

大家好奇的把目光投注在小柚身上，只有綠笛除外。

他一直若有所思。

小柚被看得有點不自在，但還是沒忘記，她有最重要的事得做，她必須救回饅頭。「雖然……」她想了下，接著說：「雖然我不知道，妳為什麼知道擋水閘門的事，但很顯然，這件事從頭到尾，都在妳的算計中，妳讓六眼陪著我去解決蟻國大軍，又讓獨臂去刺殺蟻后，這些我都能理解。」

萬一，她沒辦法讓蟻軍撤退，或無法阻止牠們攻打城堡；獨臂若能解決掉蟻后，也可達到一樣效果；沒了蟻后，蟻軍會亂成一團，潰不成軍。但，有一件事，是小柚無法想透的。

賀卡卡的山崩塌了，大湖的水潰堤，往下沖刷，再加上溶化了的冰湖，大水會吞沒一切，包括六眼和獨臂，牠們兩個是東女王的屬下，是她重要的三大妖怪裡，其中的兩位，失去這麼重要的屬下，難道一點也沒關係嗎？

小柚搖搖頭，看著眼前的東女王，她和饅頭的年齡應該差不多吧？還是個小女孩而已，為什麼就這樣狠心呢？

一想到這裡，小柚傷心的接著說：「我相信妳一定也知道，大水會吞噬掉一切，不僅僅是蟻國大軍、蟻后，還包括我、小凱、綠笛、小灰球、紅嘴、蜥蜴人和六眼、獨臂，對吧？」

這句話聽得六眼和獨臂突然愣住。

牠們無法置信的盯著東女王。

東女王仍沒改變驕傲的模樣，任性的哼著聲。「沒錯，這我當然知道！」

小柚搖頭，同情的看著六眼和獨臂。雖然，牠們是謎霧島上的妖怪，但妖怪也是有感覺，有感情的，經過這陣子的相處，小柚是這麼確信的。所以，只要有感覺、有感情，不是麻木不仁，一定會感到受傷，畢竟牠們對東女王是那麼的忠心耿耿呀！

「你們幹麼這樣看著我？」東女王感受到六眼和獨臂目光的改變，生氣的噘起嘴來。「做任何事，都得有得失，不是嗎？你們的存在本來就是為了幫我做事，現在我感受到螞蟻們對我的威脅，難道你們不能為我犧牲性命嗎？」

六眼和獨臂再也無話可說了。

而小柚，再也聽不下去、看不下去，她站上前，雙手插腰。「妳……真是一個需要被教訓的小女孩！」

其他人，聽到小柚這麼說，也都從旁邊圍過來，包括六眼和獨臂。

「妳、你們……你們想幹什麼？」東女王終於慌張了起來。

「把饅頭還給我！」小柚大吼。

大家跟隨著她的腳步，近逼東女王。

東女王故作鎮定的哼聲。「哼，既然妳這麼想要救回饅頭，那麼我就還給你們吧！」她抬高一手，在空氣中彈了一下手指。

突然間，放在階梯盡頭平臺上的水晶棺木，轟的一聲，打開了。饅頭從裡頭彈坐起來，被催眠似的爬出棺木，緩慢的走下階梯。

「饅頭。」小灰球開心的呼喚。

「饅頭。」小柚、紅嘴一起喊叫。

但，饅頭越是靠近大家，越發怪異，因為面無表情。終於，饅頭走下最後一級階梯，筆直越過了綠笛，然後是小灰球、紅嘴、小凱，來到小柚面前，沒有預期的熱情擁抱，饅頭像完全忘了小柚一樣，大步越過她，走向東女王，不可置信的事，就在下一秒裡發生了。

饅頭並沒有越過東女王，而是直接穿進了她的身體裡，一道刺眼的光在這時亮起，亮得大家都睜不開眼睛，隱約間只見到，饅頭和東女王合而為一，當光線終於消失，站在大家面前的，仍然是那個任性驕傲的小女孩。

C.H.Liao 2016

她大聲的對著小柚和大家說：「現在，我就是饅頭，饅頭就是我，如何？你們會遺棄饅頭嗎？」

小柚氣極了，再也忍不住的大吼。「妳把饅頭怎麼樣了？把饅頭還給我們！」

東女王嘴裡發出嘖嘖聲，朝著小柚搖動手指。「看來，有些事，妳還是沒想起來。不過……無所謂啦，因為我只想知道，你們會怎麼做？會遺棄饅頭嗎？」

這個問題，問倒了大家。

饅頭是他們最好的朋友，現在東女王和饅頭融合在一起了，大家應該怎麼辦呢？

安靜占據了很常一段時間，也或許是幾秒鐘或幾分鐘，但沒人能有任何決定，最後終於，綠笛說：

「先把她關起來吧！」

「關在哪裡？」有人問。

小凱走上前，再也無法忍受的抓起這個令人討厭的小女孩，拽著她往階梯上走，直到盡頭的平臺，然後把人關進了水晶棺木裡。

「就把她先關在這裡吧，大家覺得怎麼樣？」

33 陰謀

當太陽的餘輝輕輕地從城堡上方的彩繪玻璃透進來，綠笛終於找到可以私下和小柚說話的機會。

「妳……打算怎麼處置東女王？」綠笛站著，夕陽的餘光落在他臉上，照亮了他的雙眼。

那是一雙小柚有點熟悉，卻又不太確認的眼睛。

「我……老實說，現在我沒有任何想法。」小柚聳動雙肩，說實話。尤其「處置」兩個字，和「處理掉」給她的感覺一樣，都讓人不舒服極了。

綠笛盯著她，夕陽餘暉從他的眼角移開，已落到他的側臉。許久後，他嘆了一口氣，走到通往王座的階梯處，坐下來。

「妳會跟我們一起回家吧？」他問。

我們，指得是小凱和他，至於回家，當然是回到正常的時空，在那個時空裡沒有謎霧島，小凱是國中生，小柚是高二生，而他自己已經是個大學生了。

「這是當然的。」小柚毫不猶豫的說，但內心有個聲音說著小小聲的話，或許可以漠視，但卻字字都敲在心上。

看看妳小時候做了什麼事？妳不能一走了之，妳得幫謎霧島上的人、動物、生物回復到從前的生活，簡單的說就是撥亂反正。

「那……」綠笛又抬起臉來看她，有什麼話，好像到了嘴裡，他卻無法坦率的說出來。

小柚轉開臉，她不喜歡綠笛的眼神，感覺壓迫感過於強烈。明明他們分開不久，距離她在六眼的毒針下解救他，但很明顯綠笛已經完全變得不一樣了，或許是因為他長大了，至少小柚見到的，不再是那雙清澈的眼。

現在，綠笛的眼神複雜多了，雖然同樣晶亮，但他的眼裡有太多壓抑，譬如說：忿怒、急躁、憂傷、和猶豫。

沒錯，是猶豫，目前他好像有什麼話想對她說，但卻猶豫不決。或許只過了幾秒鐘，也可能是幾分鐘，當綠笛從階梯上站起來時，猶豫已經從他的眼裡消失，取而代之的是一股堅決。

他大步往前走，來到小柚面前。

「這個……給妳！」一直放在褲子口袋裡的一手，終於離開口袋，緊握成拳的手攤開來，他的手掌心裡躺著一枚戒指。

戒面是一朵四葉酢醬草。

這是小柚熟悉的一枚戒指，曾經在她的時空膠囊裡出現，她帶著這枚戒指和小灰球一起穿越時空，來到謎霧島，然後她才想起了這枚戒指的由來。

戒指是綠笛的，在小時候，綠笛把戒指送給她。

至於戒子為什麼又回到綠笛手中，小柚回想起幾天前的事，那時綠笛被六眼的毒針刺中，為了救他，小柚答應成為東女王的賀禮，和六眼一起前往東女王的城堡。

臨離開前，她把戒指還給了綠笛。沒想到，在謎霧島上只過了幾天，在現實世界裡，綠笛已由一個少年成長為青少年。

「這個……本來就是妳的。」見小柚望著戒指發呆，綠笛乾脆把戒指遞到她面前，伸手拉起她的手。

就在戒指遞到小柚手掌心前，小柚突然抽回手。

「我，對不起，我不能要。」她像突然醒過來一樣，許多事閃過她的腦海，但非常模糊，模糊的無法看清楚那些影像，一點也不真實。

對於那些童年往事，就像過眼雲煙，在她的生命裡或許造成了某些影響，但並沒阻礙她的生命往前走，她還是長大了。長大了的她，戒指的意義也跟著改變了，是不能隨便接受的物品了。

「為什麼？」綠笛的表情受傷，雙肩低垂下來。

小柚不敢看他的臉。「因為……因為我們已經長大了，就像……你以前總是戴著的陶笛，現在也沒看你還戴著啊！」

沒錯。她相信，在現實世界裡，綠笛在成長過程中，一定也認識了許多人，不管在小學階段、國中階段、高中，乃至現在，應該也會有許多人讓他產生好感，這些有好感的人，不一定都得變成情人，或許成為很好的朋友，也是件不錯的事。

「長大……」綠笛低頭，喃喃念著這兩個字，再次抬頭，他眼裡的光芒完全消失了。「我以為陶笛是陶笛，那是另一回事，而我們……會不一樣！」

他沒告訴她，就算陶笛不見了，他還是原來的綠笛。就算長大了，他也相信他們會永遠在一起。

「我不知道你會這麼想。」小柚搓揉著雙手，只想趕快從尷尬的氣氛中逃開，

「但是，現在不是也很好嗎？當永遠的好朋友，也是件非常棒的事，不是嗎？」

「是這樣嗎？」綠笛深深嘆了一口氣。

小柚一心只想逃避。「如果沒其他的事，我就先去找小凱了。」

最後看了綠笛一眼，她轉身，急急走開。

綠笛看著她的背影，那個離開越來越遠的背影，心裡像被打穿了一個洞，洞裡呼呼吹著風，風裡響著聲音。

現在，你終於看清楚她的眞面目了吧！

她，就是這樣的人。

而時間，則是罪魁禍首！

是時間改變了她，也是時間改變了你們！

綠笛以為這些聲音，是他的幻想，從他的腦袋裡不斷跳出來，迴盪在寂靜的大廳裡，迴盪在空無一人的孤寂中，再傳回他的心裡，在心裡的空洞呼呼的吹著、響著。

但，凝神仔細一聽，綠笛才發現，不是他的想像，聲音是真實的，聲音來自於階梯頂端的平臺，來自於王座旁的水晶棺木，來自於……

棺木裡的人，把這些話又重複說了一遍——現在，你終於看清楚她的眞面目了吧！她，就是這樣的人。而時間，則是罪魁禍首！是時間改變了她，也是時間改變了你們！

34 掘起的南方勢力

綠笛踏著步伐，一步步往上走，直到階梯頂端平臺，直到水晶棺木前。他像個被催眠的人一樣，在棺木旁蹲下來。

水晶棺木裡關著一個人——東女王。她似乎不需透過開口，就能把聲音傳進綠笛的腦海裡。

「綠笛，我想你比誰都清楚，這個水晶棺根本困不住我。」東女王的聲音繼續從棺木裡傳出來，傳進綠笛的大腦裡。「我是這個謎霧島的主人，只要我想離開，隨時都可以，所以我為什麼留下來呢？你應該知道，這完全是為了幫你。」

綠笛在棺木旁坐下來。

東女王繼續說：「打開棺木，放我出來吧！只有我能幫你。我們一起到謎霧島的南方，在那裡有我的屬下，謎霧島上的第三個妖怪，牠對我是絕對忠心不二，我相信牠已經在南方幫我打造了新的勢力，我們一起到南方去吧，在南方你可以成為唯一的王，這是我向你的保證，那個王國屬於你，你會成為最有勢力的國王。」

綠笛的心怦怦跳，不是因為權力，更不是因為能成為國王。

「妳知道，我一點也不想當國王，對最有勢力的王國，完全沒興趣。」他說。

東女王的笑聲從棺木裡傳來，笑聲停了後所傳來的話，更具吸引力。「我知道，我當然知道了。而且，我相信你一定也明白，你想得到的東西，只有我能給你，只要在這座島上，就沒有我辦不到的事！」

綠笛完全被說服了，「沒錯，妳說的一點都沒錯！」光彩重新回到他的眼裡，手像有了自我意識，伸到棺木旁，打開棺木的鎖扣。

他站起來，水晶棺蓋剛好彈開來。東女王從棺木裡坐起來，彎曲的嘴上掛著甜甜微笑。

「在棺木裡躺那麼久，我的腳都麻了，現在走不動，得麻煩你背我。」她說著，等待綠笛蹲下來。

綠笛聽話的蹲下，等待東女王趴在他的背上，然後背起她。

「現在，我們走吧，一起到南方去！」東女王抬起一手，指向前方。

夕陽最後的一抹餘輝已完全消失，夜空吞噬了一切，只有濃霧除外。對了，她說過嗎？關於那些濃霧，謎霧島南方像鯨魚鰭地形的地方，正是濃霧的故鄉。

35 請不要忘記我

當太陽再一次從海的那邊升起，小凱是第一個發現綠笛失蹤了的人，而沒多久，小灰球和安特則一起發現了東女王也不見了。

他們在城堡的大廳裡集合，每個人分配一個方向，幾乎翻遍了整座城堡，都找不到綠笛和東女王的身影，最後在太陽已悄悄升到正上空時，不得不承認一個可能性，綠笛放走了東女王，並且和她一起離開大家。

這個可能性的推測讓大家既沮喪且百思不得其解，當然只有小柚除外。

或許是昨天傍晚和綠笛的談話，讓他失望透了，亦或是刺傷了他的心，他才會放走東女王，並且和她一起離開。

「這種被背叛的滋味，我心裡可比誰都清楚。」先站出來發表高論的是蜥蜴人。

真令人感到意外，牠居然從頭到尾沒離開，依然留在城堡裡。

「你這隻臭蜥蜴的意思是說，綠笛背叛了我們？」截至目前為止，紅嘴仍然無法相信綠笛會背叛大家。

「依目前的情況看來，似乎就是如此。」蜥蜴人三兩下竄到紅嘴面前。

紅嘴氣極了，真想一腳踩扁牠。「我……我不相信，綠笛不會背叛大家！」

小灰球在一旁點頭，「我也這麼認為。」

一直沉默著的小凱，終於開口。「我也信得過綠笛，就算……就算他真的放了東女王，也一定是有什麼原因。」

站在小柚肩上的安特，慢慢爬到她的耳朵下方。「小柚，妳覺得呢？」

小柚不知該如何回答，只能繃著臉任由沉默瀰漫四周。其實在她的心裡，覺得綠笛放走東女王，跟著一起離開，背叛了大家的比例，遠大餘其他想法；不過，造成綠笛選擇這麼做的原因，罪魁禍首，就是她自己。

「沒錯，如果你們一定要歸納出一個原因的話，我想……一定是因為東女王的關係。」在大家毫無準備下，大螳螂獨臂也加入討論，並且另外補充道：「如果你們知道東女王力量的可怕，就會發現，一個朋友的背叛，根本不算什麼。」

獨臂的話讓大家瞬間安靜下來，連在一旁呼嚕呼嚕睡大覺的六眼，打呼聲也停了。

「請相信獨臂的話吧，我也這麼認為！」六眼醒過來，撐起巨大身體。「也或者，你們可以這麼想，你們的朋友綠笛，是被東女王給綁走的！」

這是一個不錯的新想法。

至少撫慰了少數人的心，但仍有一意孤行的。

「哼，這是什麼爛思考。」蜥蜴人嗤之以鼻，轉身奔跑到小柚腳邊，順著褲管往上爬，爬到她空著的另一邊肩上，小聲抱怨著：「真是一群呆子，完全不懂得人

C.H.Liao
2016

性的邪惡，喔，不，也或許我應該說是所有生物天性的邪惡。」

「你是在說，包括你嗎？」小柚側臉往肩上看，有點煩的瞪著牠。

蜥蜴人只好住嘴。

「我……」然後，一直沉默著的小柚，終於開口。「我想，不管東女王是不是綠笛放走的，亦或是東女王綁走了綠笛，我們都得把他找回來！」

只是不知道他願不願意。

小柚的心裡又跳出這個想法，但很快她就把這個想法搖出她的腦袋，並且命令自己必須得正向積極的思考。

「沒錯。」小凱也這麼認為。

「我贊成。」小灰球和紅嘴一起附和。

「完了，真是一群沒救了的笨蛋。」蜥蜴人用左前爪拍額頭。

小柚厭惡的想把牠揮走，牠逃向領子後，攀到安特站著的右肩。

「但是，我們應該怎麼找呢？畢竟謎霧島那麼大。」安特小心翼翼瞪著蜥蜴人。

從前，在她仍未縮小前，就覺得謎霧島是座面積不小的島嶼。何況現在，牠已經變回了正常的螞蟻，謎霧島對牠而言，更是大得不像話。

「我想東女王會去南方！」六眼像個先知一樣低聲說。

「南方？」小柚的嗓音不自覺地帶著疑惑。

小凱和她一樣，只是沒開口，但不管是表情還是眼裡全都被問號充滿。

「我的天啊，南方！」蜥蜴人驚駭得渾身鱗片喀喀作響。

「南方呀……」小灰球和紅嘴的話結束在嘆息聲中。

「那是濃霧的故鄉。」像在回憶著什麼，獨臂抬頭仰望城堡天花板，透過彩繪玻璃，湛藍的天空藍得無邊際，但那無邊的藍裡卻隱藏著深沉的憂鬱。

「沒錯，南方不僅僅是濃霧的故鄉，更是妖怪——藍眼猴的故鄉。」安特的聲音雖然小，但一提及了藍眼猴，似乎讓大家一下子全都安靜下來。

當然，這也包括小柚在內。只是，她骨碌碌轉動的大腦，似乎不受影響，不安分的不斷跳動，一些畫面又脫序的跳出來——

「哎呀，這隻猴子醜死了！我來想想看，有什麼可以幫幫牠，可以改變牠呢？不如這樣吧，如果牠的眼睛像藍色玻璃珠一樣藍，或許就不會這麼醜了，你覺得對不對？對不對？對不對嘛？」

有個小女孩晃動著一個模糊影子的手，任性的抬頭這麼說。

「我……」小柚張著嘴巴，勉強自己不再去想那些畫面，「不管南方是濃霧的故鄉，還是有妖怪藍眼猴，我都得把綠笛找回來！」

沒錯，這是她的責任。如果綠笛的離開是因為她！

「對！」小凱第一個跳出來，舉雙手贊成。

「沒錯。」小灰球也說。

「好吧，你們都決定了，也算我一份。」紅嘴暫時拋開害怕，雖然牠還是害怕得不得了。

「真是瘋了。」蜥蜴人碎碎念。「我看你們不只是自找麻煩，而且還是自找死路。」

或許是牠的話還是發揮了嚇阻的效用，亦或是在小柚心裡早有打算。總之，蜥蜴人的話剛說完，小柚就說出決定。

「這次、這次我自己去就好了，小凱、小灰球、紅嘴，你們留下來！」她想，她得坦然面對綠笛，不逃避的把話說清楚。

她相信，當兩人詳談的時候，綠笛絕對不會希望有第三人在場。

「為什麼？」小凱、小灰球和紅嘴齊聲抗議。

小柚早已想好了說服他們的方法。「你們留下來是因為安特需要幫忙，還有……」她看著六眼，六眼把身體轉開。

「對於去那個像鯨魚鰭的南方，我一點也不感興趣。」牠擺明了，不願意一同前往。

小柚只好把目光轉向獨臂。

令人大感意外，這隻冷漠的大螳螂居然願意同往。

小柚接著把話說完。「還有，要以最快的方法找到綠笛，我們得借助獨臂的飛行，牠沒辦法乘載太多人！」

小柚的話說得一點也沒錯，但小凱還是不放心。

「姊，我……」

「就這麼決定了，現在，馬上就行動。」小柚拍拍小凱的肩膀，要他別擔心。

「安特要建立新的王國，你得幫牠，至少得把大水沒沖掉的鹽巴，清理掉。」

小凱無法再拒絕，最後只能以嘆氣來抗議。

「放心吧，如果真遇到了困難，我相信獨臂一定能趕回來通知你們。」小柚給予堅定的眼神，大家終於不再堅持。

一個小小的聲音傳來，是安特。「小柚，我想，我應該告訴妳，我有多麼開心能遇見妳，然後是，說什麼話都無法表達我心裡對妳的感謝，雖然我知道，在不久後，我還是能見到妳，但我希望現在就告訴妳，妳是我最好最好的朋友，請不要忘記我，需要我幫忙，請隨時通知我。」

「我會的。」小柚讓安特站到手掌上，小心翼翼的把牠放到地上。

安特仍然堅持說著：「請妳不要忘記我，我的朋友。」

這是一句送別的話，小柚最受不了別離的感傷，好像從很久很久以前，她就特別不喜歡。

匆忙地，她轉身，一下子就跳到獨臂的背上。

獨臂的默契出奇好，張開翅膀，一下子就飛了起來，站在小柚右肩上的蜥蜴人來不及往下跳。

「喂、喂，讓我下去，我沒說要一起去南方呀！」牠大聲尖叫。

獨臂越飛越高。

「那隻自私的蜥蜴為什麼也跟去？」紅嘴用翅膀指著上方。

小凱大聲的呼喊：「姊，小柚姊姊，妳一定要平安的把綠笛帶回來，平安的回來！」

他們的身影越來越小，獨臂從城堡頂端一個缺口往外飛，天還是一樣藍，湛藍得像平靜的大海，海的中間有座島嶼，島嶼的形狀像一隻鯨魚。

36 回到鯨魚的尾巴

離開城堡後，獨臂更往上飛，小柚感覺風在耳畔呼呼的吹，只要伸手，幾乎就能觸及到身旁飄浮著的雲朵。

與上一次坐在六眼的背上，跳躍著穿越森林不同，那次看到了謎霧島的模樣，像鯨魚一樣的形狀。而這次，則看得更高，看得更遠，遠得連周圍的海洋，都一清二楚。

島的東邊是魚頭，西邊是魚尾，南、北各是魚腹和背鰭。而霧，現在籠罩著整座島的西邊，那是鯨魚尾巴的部分，那片濃霧由魚腹的地方延伸而來，原來魚腹的地方，就是濃霧的故鄉。

「放我下去、放我下去。」蜥蜴人喊得聲嘶力竭，嗓音都破了。

但，沒人想理會牠。

「小柚小姐，請坐好了。如果順著這陣風的氣流飛翔，或許我們能趕在東女王到達南方之前，比她先到達。」獨臂說。

南方，南方，比東女王和綠笛先到達。雖然這是個不錯的想法，但是……就算比他們先到又如何呢？小柚想著，她能順利的說服綠笛，跟她一起走嗎？

不，目前的小柚，沒有把握。

除非她能找出原因，找出綠笛變得焦躁、執著、甚至有點偏激的原因。

綠笛、綠笛、綠……對了！綠笛的陶笛呢？陶笛到哪去了？綠笛的改變，會不會和陶笛有關？可能嗎？

一陣氣流吹來，獨臂抓緊機會。「坐好了，我們要順著氣流往南了！」

「不，我們現在不去南方，我們去那裡！」小柚突然阻止，一手往前，指向謎霧島的西邊，那是鯨魚尾巴的部分。

如果要找綠笛的陶笛，絕對沒有比從他居住過的地方下手，更好的方法了。

「這個……」獨臂本來想問為什麼，但很快就打消念頭。「好吧，那請坐好，等一下的氣流會有點顛簸，我們轉向鯨魚的尾巴。」

牠回想起了那則傳說：

孤獨的家族，孤獨的人，當東邊的月亮升起，月光再度撒落在冰湖上，那個女孩醒來，鯨魚的眼化成淚水，女孩注定要與孤獨的人相遇，終結孤獨，北邊的妖怪呀，這是你的宿命，你的宿命。

如果能終結牠孤獨宿命的人，不是東女王。

那麼，或許就是眼前的女孩，這個名叫小柚的女孩。

牠願意跟著她一起去冒險，去挑戰，挑戰牠的宿命，螳螂天生注定是孤獨的宿命！

沒錯，挑戰。

現在，獨臂的心裡充滿著勇氣，和小柚一樣迎向未知未來的勇氣。

至於那隻討人厭的蜥蜴，尖叫聲仍然不絕於耳。

「啊——啊——耶！不去南方了嗎？只要不去南方，去哪裡都好！」

國家圖書館出版品預行編目資料

東女王的賀禮／林秀穗文．廖健宏圖. --初版．
-- 臺北市：幼獅，2016.05
面；　公分. --（小說館；18）
ISBN 978-986-449-044-8（平裝）

859.6　　105005253

・小說館018・

東女王的賀禮

作　　者＝林秀穗
繪　　者＝廖健宏
出 版 者＝幼獅文化事業股份有限公司
發 行 人＝李鍾桂
總 經 理＝王華金
總 編 輯＝劉淑華
副總編輯＝林碧琪
主　　編＝林泊瑜
責任編輯＝周雅娣
美術編輯＝李祥銘
總 公 司＝10045臺北市重慶南路1段66-1號3樓
電　　話＝(02)2311-2832
傳　　真＝(02)2311-5368
郵政劃撥＝00033368

門市
● 松江展示中心：10422臺北市松江路219號
電話：(02)2502-5858轉734　傳真：(02)2503-6601

印刷＝崇寶彩藝印刷股份有限公司
定價＝250元
港幣＝83元
初版＝2016.05
書號＝987236

幼獅樂讀網
http://www.youth.com.tw
e-mail:customer@youth.com.tw
幼獅購物網
http://shopping.youth.com.tw

行政院新聞局核准登記證局版臺業字第0143號

幼獅文化公司／讀者服務卡／

感謝您購買幼獅公司出版的好書！

為提升服務品質與出版更優質的圖書，敬請撥冗填寫後（免貼郵票）擲寄本公司，或傳真（傳真電話02-23115368），我們將參考您的意見、分享您的觀點，出版更多的好書。並不定期提供您相關書訊、活動、特惠專案等。謝謝！

基本資料

姓名：……………………先生／□小姐

婚姻狀況：□已婚 □未婚　職業：□學生 □公教 □上班族 □家管 □其他

出生：民國……………年……………月……………日

電話：（公）……………（宅）……………（手機）……………

e-mail：……………………

聯絡地址：……………………

1.您所購買的書名：**東女王的賀禮**

2.您通常以何種方式購書?：□1.書店買書 □2.網路購書 □3.傳真訂購 □4.郵局劃撥
（可複選）□5.幼獅門市 □6.團體訂購 □7.其他

3.您是否曾買過幼獅其他出版品：□是，□1.圖書 □2.幼獅文藝 □3.幼獅少年
□否

4.您從何處得知本書訊息：□1.師長介紹 □2.朋友介紹 □3.幼獅少年雜誌
（可複選）□4.幼獅文藝雜誌 □5.報章雜誌書評介紹……………報
□6.DM傳單、海報 □7.書店 □8.廣播(　　　　)
□9.電子報、edm □10.其他……………

5.您喜歡本書的原因：□1.作者 □2.書名 □3.內容 □4.封面設計 □5.其他

6.您不喜歡本書的原因：□1.作者 □2.書名 □3.內容 □4.封面設計 □5.其他

7.您希望得知的出版訊息：□1.青少年讀物 □2.兒童讀物 □3.親子叢書
□4.教師充電系列 □5.其他

8.您覺得本書的價格：□1.偏高 □2.合理 □3.偏低

9.讀完本書後您覺得：□1.很有收穫 □2.有收穫 □3.收穫不多 □4.沒收穫

10.敬請推薦親友，共同加入我們的閱讀計畫，我們將適時寄送相關書訊，以豐富書香與心靈的空間：

(1)姓名……………e-mail……………電話……………

(2)姓名……………e-mail……………電話……………

(3)姓名……………e-mail……………電話……………

11.您對本書或本公司的建議：

廣	告	回	信
臺北郵局登記證			
臺北廣字第942號			

請直接投郵　免貼郵票

10045　臺北市重慶南路一段66-1號3樓

幼獅文化事業股份有限公司 收

請沿虛線對折寄回

客服專線：02-23112832分機208　傳真：02-23115368

e-mail：customer@youth.com.tw

幼獅樂讀網http：//www.youth.com.tw

幼獅購物網http://shopping.youth.com.tw